I Edizione 2000
I Edizione brossura 2004

15033 Casale Monferrato (AL) – Via del Carmine, 5
Tel. 0142/3361 – Telefax 0142/74223
www.edizpiemme.it

Stampa: G. Canale & C. SpA - Borgaro Torinese (TO)

Alberto Melis

Il segreto dello scrigno

Premio Città di Verbania 1999

Illustrazioni di
Michael Welply

PIEMME
Junior

A Palmerio e Anna,
mio padre e mia madre

Ogni riferimento a fatti e a persone realmente esistite non è da ritenersi del tutto casuale: in particolare laddove gli occhi della fantasia più si sforzano di scrutare tra le nebbie delle verità.

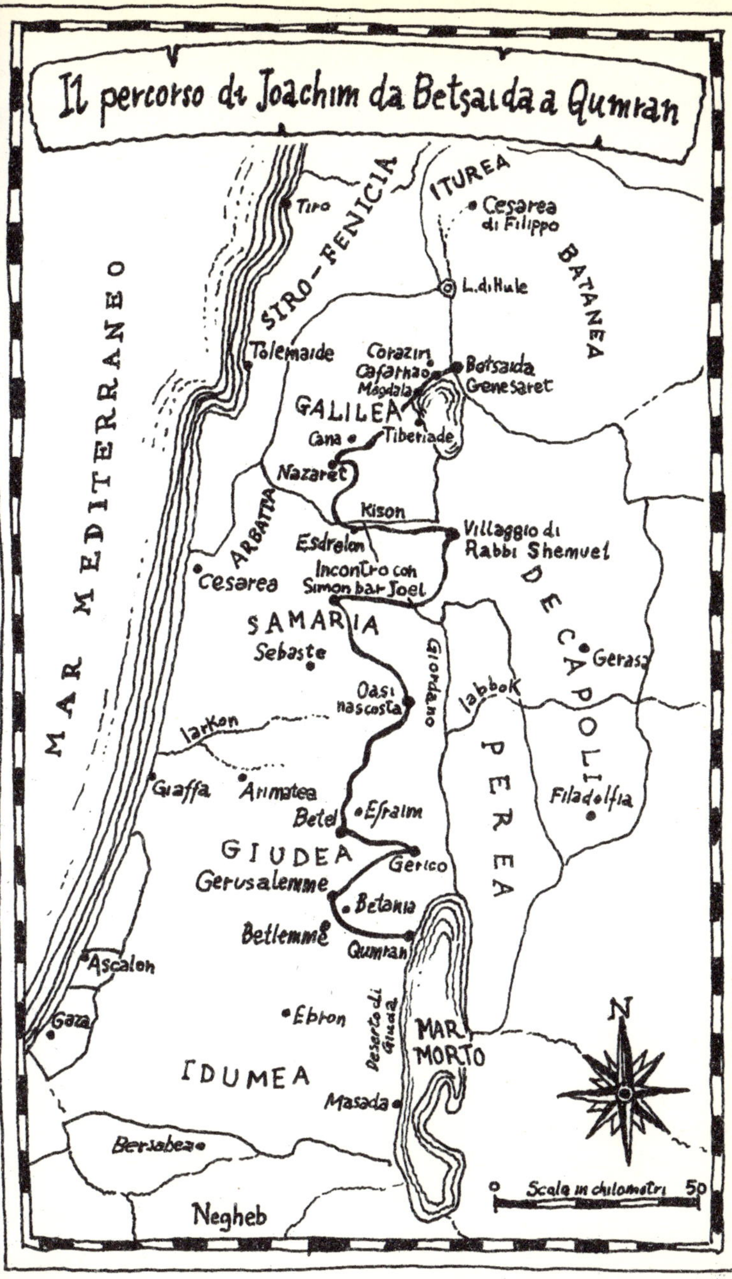
Il percorso di Joachim da Betsaida a Qumran
MAR MEDITERRANEO
SIRO-FENICIA
ITUREA
Tiro
Cesarea di Filippo
BATANEA
L. di Hule
Tolemaide
Corazin
Cafarnao
Betsaida
Magdala
Genesaret
GALILEA
Cana
Tiberiade
Nazaret
ARBATTA
Kison
Villaggio di Rabbi Shemuel
Esdrelon
Incontro con Simon bar Joel
Cesarea
SAMARIA
DECAPOLI
Sebaste
Gerasa
Giordano
Oasi nascosta
Iabbok
Iarkon
PEREA
Giaffa
Arimatea
Filadelfia
Betel
Efraim
GIUDEA
Gerico
Gerusalemme
Betania
Betlemme
Qumran
Ascalon
Gaza
Ebron
Deserto di Giuda
MAR MORTO
N
IDUMEA
Masada
Bersabea
Scala in chilometri
0
50
Negheb

Prima Parte

1
Via da quest'uomo, spiriti immondi!

QUANDO MIO NONNO Bacuc sollevò le braccia al cielo, con la fronte rugosa attraversata dal sudore e la voce roca che si alzava e si abbassava in un borbottio sconnesso, la gente di Betsaida cominciò ad affollarsi sulla spianata del Tempio e a farsi più vicina.

Di fronte a lui Marak il cieco, steso sulla sua stuoia di giunco, si contorceva come se tutti gli spiriti immondi dell'universo gli stessero divorando l'anima. Riuscì a voltarsi di fianco e fece l'atto di sollevarsi. Ma subito ricadde su se stesso come un sacco vuoto.

Mio nonno allora prese a recitare i Salmi Antichi e i Numeri Nascosti, quelli che più fanno paura agli spiriti immondi.

Si inginocchiò nella polvere e impose le mani sulle spalle di Marak. E Marak, cercando di divincolarsi dal suo abbraccio, prese a tremare dalla testa ai piedi e lasciò andare dalla bocca una schiuma gialla e verde che gli macchiò la veste di lino.

– VIA, VIA DA QUEST'UOMO, SPIRITI IMMONDI! – gridò a gran voce mio nonno.

La gente si ritrasse spaventata. E anch'io feci due o tre passi indietro e chinai la fronte sulla nuda terra.

Ma mentre mi spargevo il capo di polvere, dicendo a voce alta tutti gli scongiuri e le lamentazioni che mi venivano in mente,

continuavo a domandarmi come accidenti avesse fatto Marak a sputare dalla bocca quella strana schiuma. Anche se di certo doveva avere qualcosa a che fare coi frutti di pistacchio e coi fiori di senape che avevo raccolto la sera prima sulle sponde del lago di Genesaret.

La sera prima, seduti intorno al fuoco che avevamo acceso sotto un sicomoro a poca distanza dalle rive del Genesaret, mio nonno Bacuc e il suo nuovo servo Marak avevano messo a punto il piano della guarigione miracolosa.

Marak, già da qualche settimana, si era liberato della lercia tunica che aveva indossato a Bersabea e ad Ascalon, quando mio nonno l'aveva guarito dalla lebbra. Per sicurezza aveva messo da parte anche il pesante mantello di lana grezza di cui aveva fatto sfoggio qualche giorno prima a Cafarnao, quando mio nonno l'aveva guarito dalla paralisi.

Sotto le fronde del sicomoro, Bacuc aveva insistito affinché si tagliasse i capelli e si scurisse le sopracciglia con il succo di carruba.

– Betsaida è troppo vicina a Cafarnao – aveva detto. – E qualcuno potrebbe riconoscerti.

Marak così si era tinto le sopracciglia schiarite dal sole del deserto e subito dopo si era tagliato i capelli. Ma siccome le uniche cesoie che possedeva erano arrugginite e senza più filo di lama, aveva dovuto finire l'opera con il coltello che mio nonno usava per tagliare il duro pane di segala. Con il risultato che la sua testa spelacchiata ora sembrava quella di un vecchio cane tignoso.

Più tardi Bacuc mi aveva mandato a raccogliere i fiori di senape e i frutti di pistacchio sulle rive del Genesaret.

– Joachim, luce dei miei occhi – mi aveva detto. – Prendine un bel po'. Perché domani gli spiriti immondi usciranno da Marak attraverso la sua bocca.

Marak, prima di essere assunto da mio nonno come miracolato di professione, viveva nel caravanserraglio ai margini del Negheb, dove i mercanti greci e persiani si fermavano a riempire gli otri prima di affrontare la traversata del deserto. Accudiva le bestie, tirava su l'acqua dal pozzo, riempiva gli otri dei viaggiatori e quando scendeva la notte accendeva le lampade a olio e scrutava a lungo il cielo, per capire da che parte avrebbe tirato il vento l'indomani mattina. I cammellieri di solito lo ricompensavano con qualche pugno di datteri, con un cesto di more di gelso o con un vasetto di miele, che lui poi metteva da parte per barattarlo coi nuovi viaggiatori che sarebbero giunti al caravanserraglio.

– Se verrai con me, – gli aveva detto Bacuc – avrai una buona colazione ogni mattina. E il Sabato zuppa di grano e farinata di ceci.

Marak lo aveva guardato con sospetto.

– Cosa dovrei fare? – aveva chiesto, grattandosi la grossa testa martoriata dai pidocchi.

– Farai il lebbroso – aveva risposto mio nonno. – Il cieco, il paralitico, lo storpio e l'indemoniato. Io ti guarirò dai tuoi mali e la gente d'Israele loderà il Santo dei Santi e ci ricompenserà con denari e cibo e preghiere in nostro nome...

Marak ci aveva pensato su e aveva sollevato qualche obiezione. Ma poi si era arreso alla volontà di mio nonno. Perché quando il vecchio Bacuc vuole qualcosa non c'è niente sotto il cielo e sopra la terra che possa impedirgli di ottenerla.

Mio nonno Bacuc ha imbrogliato più gente in Israele di quanta se ne affolli ogni giorno nel mercato di Gerusalemme. Ha guarito storpi. Ha cacciato spiriti immondi dall'anima e dal corpo degli indemoniati. Ha ridato la luce ai ciechi e le gambe ai paralitici. Ha sanato lebbrosi ebrei, predetto il futuro ai centurioni romani e convinto i mercanti greci a pagargli in denari sonanti i suoi auspici e le sue benedizioni.

Mio nonno dice che se è possibile darla a bere ai ricchi mercanti greci e ai soldati romani, nessuno è meglio disposto ai miracoli della gente di Israele.

– I mercanti greci sanno scorgere solo le cose visibili del mondo – mi aveva spiegato. – E i *kittim*[1] nemmeno quelle, intenti come sono a riscuotere l'argento del tributo. Ma noi ebrei abbiamo gli occhi rivolti verso il cielo. E se guardiamo per terra è solo per scorgervi i segni del prodigio.

Bacuc era convinto di dare alla gente di Israele quello che la gente d'Israele voleva. E se la gente voleva i miracoli, lui glieli serviva su un piatto d'oro incastonato di gemme preziose. Persino un giovane rabbi era caduto nei suoi tranelli. Aveva visto Marak il paralitico che riacquistava l'uso delle gambe, sulla piazza del mercato a Cafarnao, e aveva ringraziato il cielo per aver inviato in Israele uno *tzaddik*[2] buono e potente come Bacuc.

Bacuc, facendo l'occhiolino a Marak, si era schermito e aveva abbassato il capo. – Se Sabato ci accoglierai in sinagoga – aveva detto – ringrazieremo insieme a te il Santo dei Santi.

Ma purtroppo non c'era stato niente da fare. Perché i rabbi più anziani e diffidenti

---

[1] Così la gente comune chiamava i conquistatori romani, stranieri e invasori.

[2] Così venivano chiamati gli Uomini Santi, i "Giusti". Più avanti troverai il plurale *tzaddikim*.

avevano rimproverato il giovane ingenuo che aveva dato credito a Bacuc. E perché nelle sinagoghe, a un vecchio imbroglione come mio nonno era vietato l'ingresso.

Così ancora una volta ci eravamo dovuti accontentare dei ringraziamenti e delle offerte dei contadini e dei braccianti. Il che non era poco, visto che lasciammo Cafarnao carichi di panetti di burro, vasetti di miele e orci di buon vino rosso.

– Prima di far ritorno a Nazaret ci spingeremo sino a Betsaida – aveva detto più tardi Bacuc, sulla strada che costeggiava il Genesaret.

Aveva girato il capo verso il sole che tramontava dietro le colline a est del monte Ermon. – Mi sa che questa volta dovrò guarire un cieco – aveva aggiunto un po' soprappensiero.

2
Il mio strano amico Jehoshua

MARAK IL CIECO smise di sputare dalla bocca la schiuma gialla e verde, si stropicciò le palpebre e aprì gli occhi. Ma subito li richiuse come se una lama gli avesse attraversato da parte a parte le pupille.

Li riaprì lentamente e lanciò un urlo strozzato.

– Io... io... – disse – ...IO VEDO!

Dalla gente si sollevò un forte clamore e Marak si gettò ai piedi di mio nonno.

– LA LUCE... IO VEDO LA LUCE! CHE IL SANTO DEI SANTI TI BENEDICA...

Quel vecchio imbroglione di Bacuc allora lo prese per le spalle e lo sollevò da terra come se fosse il suo figlio prediletto. Lo strinse forte a sé e senza farsi vedere gli strofinò sul labbro superiore il pezzetto di cipolla selvatica che nascondeva tra l'indice e il pollice, così che in un attimo gli occhi miracolati di Marak presero a lacrimare di riconoscenza. Solo in quel momento mi accorsi che dietro la folla, accoccolato sui talloni, a ridosso del muro di una casa, il mio amico Jehoshua ci guardava.

Mentre gli uomini e le donne di Betsaida circondavano Bacuc, tirandolo per le vesti e chiedendogli di seguirlo nelle loro case, per benedirle e per ricevere in cambio lauti doni, ebbi l'impressione che se la ridesse alla grande. Di me, di mio nonno, della gente che ci stava intorno e anche di Marak il cieco che aveva ritrovato la luce.

I suoi occhi invece non ridevano e non sorridevano.

Mi sembrarono seri e malinconici. E come al solito non era facile capire quali strani pensieri gli attraversassero la mente.

Jehoshua è il ragazzo più strano del nostro villaggio. Ha dodici anni, come me, ed è arrivato a Nazaret qualche tempo fa, quando sua madre Miriam e suo padre Josef sono tornati da un lungo viaggio nel paese d'Egitto.

Suo padre Josef è uno degli artigiani più abili e capaci di tutta la Galilea. Così che viaggia di paese in paese per aggiustare cassepanche e aratri, o per riparare le ruote dei mulini e le chiglie delle barche dei pescatori.

È molto anziano. Ha perso quasi tutti i capelli, gli è rimasta solo una lunga barba grigia che gli arriva sino al costato. La gente dice che è un uomo giusto, perché non picchia sua moglie Miriam e non si ubriaca. Non viaggia di Sabato e non tira sul prezzo coi contadini che vendono le loro merci al mercato.

Miriam è ugualmente una brava donna. Anche se non nasconde il viso dietro il velo e non abbassa gli occhi davanti ai mercenari del tetrarca.

A dire la verità non abbassa gli occhi davanti a nessuno. Nemmeno davanti ai kittim. Così che mio nonno la evita come la peste e non ha mai tentato di dargliela a bere.

Mio nonno ha una paura matta di Miriam, anche se preferirebbe inghiottire tutti i sassi da Gerusalemme a Tiro piuttosto che ammetterlo. Ma chi più di tutti fa andare in bestia Bacuc è il mio amico Jehoshua. Bacuc dice che è un accidenti di ragazzo. E che i suoi occhi non sono tristi e malinconici, ma solo impertinenti.

Io però lo so perché Jehoshua riesce a mandare fuori di sé mio nonno. Non è perché i suoi occhi sembrano attraversarlo da parte a parte, quando lo guardano. E neppure perché ride in modo irriverente, quando Bacuc si vanta dei suoi miracoli e minaccia di lanciargli un incantesimo che punisca per i secoli dei secoli la sua impertinenza.

In realtà mio nonno non sopporta Jehoshua perché ha intuito il suo segreto. E il segreto del mio strano amico Jehoshua è uno solo. Lui riesce a leggere nel cuore degli uomini come su una tavoletta di cera incisa a chiare lettere da un rabbi in sinagoga: non c'è niente che riuscireste a nascondergli; neanche se foste voi a nascondervi sotto un sasso, in fondo al lago di Genesaret.

Quando mio nonno e Marak seguirono gli uomini e le donne di Betsaida dentro le loro case, Jehoshua si avvicinò e capii subito che aveva qualcosa d'importante da dirmi.

– Sara ti aspetta domani sera ai sassi bianchi del ruscello – mormorò, con un tono di voce che non mi piacque affatto.

– È successo qualcosa? – gli chiesi, mentre il cuore mi si imbizzarriva in petto. – Se quell'uomo l'ha di nuovo frustata...

– No... non è per questo che Sara vuole vederti...

– Perché allora?

Per un attimo restò in silenzio. Poi sospirò e allargò le braccia: – È arrivato un mercante greco da Baalbek, l'altra sera. E ha chiesto al vecchio Mordecai di vendergli Sara. Ha detto che è disposto a pagare cento dramme. E anche a cedere un cammello e due asinelli bianchi di Samaria, pur di averla...

Il cielo cominciò a ondeggiarmi sulla testa. Mi accoccolai sui talloni e raccolsi un pugno di polvere da terra.

– Se me la portano via... – sussurrai, battendomi sul petto.

Jehoshua mi venne più vicino. – Farai subito ritorno a Nazaret e io verrò con te – disse. – Poi parleremo di cosa si può fare.

Fu così che quando mio nonno e Marak tornarono alla spianata della sinagoga, carichi di doni e di denari, io dissi loro che dovevo andare via con il mio amico Jehoshua.

Mio nonno da parte sua non obiettò alcunché. Anche perché dopo aver licenziato Marak, non vedeva l'ora di stendersi all'ombra di un olivo. Per scolarsi un orcio o due di vino in santa pace.

3
A chi arriva primo

– COME FACEVI A SAPERE che mi avresti trovato a Betsaida? – domandai a Jehoshua, lungo il sentiero che correva vicino alle sponde del lago.

Il sole già ripiegava sulla linea dell'orizzonte, striando il cielo sopra la valle di Izreel di rosso e arancione.

– Due giorni fa a Nazaret è arrivato Zaccaria, un lontano cugino di mio padre – mi spiegò Jehoshua. – È stato lui a raccontarci della guarigione di Marak a Cafarnao e a dirci che probabilmente eravate ancora da queste parti...

Il mio amico si arrestò per un attimo sulla riva del Genesaret. Allungò le mani nell'acqua e si rinfrescò il viso.

Tutt'intorno si sentiva il gracidare delle rane, e il vento che soffiava dal nord increspava la superficie bruna del lago e fletteva i sottili steli del giunco.

– Mia madre, a sentire del nuovo miracolo di Bacuc, – continuò – è andata di nuovo su tutte le furie. Ha detto che se rimetterò piede a casa di quel fannullone di tuo nonno me ne darà tante, ma tante, da spellarsi le dita...

Si scostò una ciocca di capelli dalla fronte.

– A dire la verità ha detto che non voleva vedere più neppure te, a casa nostra. Perché il pidocchio cattivo cerca il sangue che ancora non è infetto. E perché se continuerai ad accompagnare tuo nonno per tutti i villaggi della Galilea, prima o poi diventerai un furfante come lui. Ma quando ha saputo delle intenzioni del vecchio Mordecai riguardo a Sara...

– Sì? – domandai.

– Mi ha preparato la bisaccia e mi ha detto di cercarti! E che se non fossi riuscito a trovarti – allargò le braccia e sorrise – me ne avrebbe date tante da spellarsi le dita!

Rimasi in silenzio a osservare la spuma biancastra che il vento spingeva sulla riva del lago.

Jehoshua si avvicinò e mi mise una mano sulla spalla.

– Non pensarci, ora – mi disse.

– Dovrò parlarne con Bacuc... – ribattei, pensando che era giunto il momento di avere la mia parte.

– Tuo nonno non vorrà saperne – fece secco Jehoshua. La voce gli diventò più bassa e roca. – Non ti darà nemmeno una dramma per Sara. E prima che tu possa celebrare il tuo *Bar Mitzvah*[1] e portarla davanti al rabbi, lui avrà modo di pentirsi non una ma cento volte, di non averti dato per tempo quel denaro...

Lo guardai negli occhi per cercare di capire il senso delle sue parole.

Ma lui voltò lo sguardo da un'altra parte.

In ogni caso aveva ragione. Perché neanche mio nonno Bacuc, il più grande peccatore d'Israele, avrebbe dato il suo consenso al mio fidanzamento con una schiava.

Sara era stata venduta a Mordecai quattro anni prima, quando più o meno doveva avere sette anni. Un mercante arabo l'aveva portata sino a Nazaret in groppa al suo cammello e l'aveva barattata con due orci di olio d'oliva e una boccetta di resina di Giudea.

Nessuno sapeva a che lontano popolo fosse appartenuta. Nessuno comprendeva il suo misterioso linguaggio, nessuno aveva mai visto una pelle nera e lucida come la sua.

Bacuc, la prima volta che l'aveva vista

---

[1] I ragazzi ebrei vengono considerati adulti, quindi capaci di rispettare i precetti religiosi, al compimento dei tredici anni. Questo passaggio è sancito dalla cerimonia del Bar Mitzvah.

trasportare sulle spalle un grosso fascio di legna, piegata in due dalla fatica, aveva detto che di certo era stata partorita nelle viscere della terra da uno scorpione e da uno spirito immondo. Solo così si potevano spiegare la pelle buia più della notte e quei capelli arricciati come ciocche di lana infeltrita.

Miriam però l'aveva zittito e aveva mandato Jehoshua ad aiutarla. – Nessuna bambina dovrebbe trasportare un carico così pesante sulle spalle – aveva detto, con la voce carica di disapprovazione.

Bacuc a sentire quelle parole aveva storto la bocca. E vedendo che Jehoshua nell'aiutarla la sorreggeva per un braccio, era andato su tutte le furie.

– Ora dovrai lavarti da capo a piedi! – gli aveva gridato dietro. – Perché quell'essere è impuro come la sabbia calpestata dagli scorpioni nel deserto.

Jehoshua non aveva risposto.

Aveva invece sollevato il carico dalle spalle della bambina, se l'era caricato sulla testa, e mentre mio nonno malediceva la sua impertinenza, aveva trasportato la legna sino alla casa di Mordecai, che era la più grande e ricca di tutta la Galilea.

Prima che il sole scomparisse all'orizzonte io e Jehoshua arrivammo al limite meridionale del Genesaret.

– Domani raggiungeremo Nazaret, prima che il sole tramonti un'altra volta – disse. – Ma tra breve dovremo fermarci per riposare.

– Se mio nonno non dovesse darmi il denaro per riscattare Sara – sbottai – giuro che scaverò sotto ogni albero, sino a quando troverò il tesoro di Jeudah il Sicario.

Il mio amico si girò a guardarmi e scosse la testa.

– Non fare quella faccia... – insistetti. – Mio nonno dice che la scorsa primavera a Cesarea ha parlato con un mendicante che aveva fatto parte della banda. E quell'uomo gli ha giurato che, prima di essere giustiziato dai kittim, Jeudah riuscì a nascondere il suo tesoro sotto un grande albero di fico, da qualche parte tra Gerusalemme e il Mar della Solitudine[2].

– Mezzo Israele ha dato la caccia a quel tesoro – affermò allora Jehoshua. – Eppure nessuno l'ha trovato. Ma se è un albero di fico quello che cerchi – aggiunse – ce n'è uno tutto per noi laggiù. E non è neanche troppo lontano...

Capii subito le sue intenzioni.

– Ma abbiamo camminato per tutto il pomeriggio... – protestai.

– Se non vuoi, peggio per te. Ma dirò a tutti che sei uno sfaticato.

– Uno sfaticato io?

– Uno sfaticato pappamolle...

Per un attimo pensai di mollargli un pugno sul naso. Ma poi capii che faceva di tutto per distrarmi dai miei pensieri.

– A chi arriva primo? – domandai.

– A chi arriva primo! – mi rispose, lanciandosi verso il grande albero circondato da un basso muretto circolare.

---

[2] Il Mar Morto.

Gli andai dietro correndo con quanta forza avevo in corpo, cercando di non inciampare sui sassi e zigzagando tra i cardi selvatici e i cespugli di issopo. Ma sapevo che non ce l'avrei mai fatta a raggiungerlo.

Perché non c'è nessuno, tra i ragazzi di Nazaret, che sia più veloce e resistente del mio amico Jehoshua.

4
Non meno di duecento dramme...

QUANDO FINALMENTE ARRIVAMMO a Nazaret, trovammo Miriam ad attenderci sulla porta di casa.

– *Shalom* – ci disse. Abbracciò forte Jehoshua e mi lanciò un'occhiata severa. – Andate in cortile – aggiunse brusca. – Lavatevi per bene i piedi, mi raccomando, e anche le mani e le braccia...

Aiutai Jehoshua a tirare su il secchio dal pozzo e gli domandai come mai Josef non stesse lavorando nella falegnameria che si affacciava sotto il lungo pergolato.

– Non è ancora rientrato dalla costa – mi spiegò. – I pescatori di Asdod gli hanno chiesto di dare un'occhiata alle chiglie dei loro legni, prima delle battute autunnali. Vieni a vedere cosa ha portato a casa dall'ultimo viaggio...

Mi fece cenno di seguirlo nella stalla e, chino su una tinozza piena zeppa di paglia e fave secche, vidi un gigantesco asino dal pelo albino.

– L'abbiamo chiamato Josafat... – disse, accarezzandolo sulla groppa. – Proprio un magnifico nome, per un magnifico animale come questo...

Poco dopo ci sedemmo a piedi nudi sulla stuoia che Miriam aveva steso per noi vicino al fuoco. Ci porse due ciotole di *laban*[1] e un grande piatto di zuppa di lenticchie e farro, dal quale si sollevava un invitante profumo di menta.

– Ora mangiate – ci ordinò. – Poi parleremo di Sara...

Mentre Miriam poggiava accanto al nostro piatto due grosse arance e una schiacciata di fichi secchi e mandorle appena levata dalla brace, non potei fare a meno di guardarle le mani.

Erano gonfie e deformate, come quelle delle serve che ogni mattina strofinavano i panni di lino e di cotone sui sassi lisci del torrente.

Le mani di Miriam erano tanto brutte da vedersi quanto era delicato e morbido il suo viso illuminato da due grandi occhi neri, sempre vigili e in movimento.

---

[1] Bevanda di origine araba, a base di latte acido e acqua fredda, aromatizzata con foglie di menta.

Jehoshua diceva che a ogni piaga che le si apriva nell'incavo delle dita, o sul palmo indurito dai calli, la pelle del suo viso ringiovaniva sino a diventare quella di una giovane donna, di una ragazzetta alla vigilia della sua maggiorità religiosa[2].

Mio nonno invece diceva che quelle mani gonfie erano solo il frutto della sua dannata ostinazione.

E non capiva perché la moglie di un artigiano bravo e sufficientemente retribuito come Josef dovesse faticare dall'alba al tramonto, senza lasciare i lavori più duri a un servo o a una serva.

Ma il fatto era che Miriam non voleva nella sua casa né servi né serve.

– Ci sono troppi servi, e anche troppi schiavi, in terra di Israele – diceva, con un tono di voce che non ammetteva repliche.

Jehoshua l'ascoltava in silenzio e le stava dietro come poteva.

Ma ogni volta che un servo o uno schiavo attraversavano le vie di Nazaret, trascinando sulle spalle i carichi di legna, o correndo a piedi nudi dietro al bestiame, il suo viso si rabbuiava come una mattina di primavera spazzata via dal temporale.

---

[2] A differenza dei loro coetanei maschi, le ragazze venivano considerate "maggiorenni" a dodici anni. A quei tempi però non esisteva ancora la cerimonia chiamata Bath Mitzvah, l'odierno corrispettivo del Bar Mitzvah maschile.

– Che intenzioni hai riguardo a Sara? – mi chiese Miriam, dopo aver ritirato i resti del nostro pasto.

Mi accorsi che era fuori di sé e abbassai gli occhi a terra.

– Se davvero hai intenzione di riscattarla – continuò – dovrai fare in fretta. Dovrai farti dare il necessario da quel buono a nulla di tuo nonno. E poi dovrai correre dal vecchio Mordecai. In caso contrario lui la venderà per Rosh Ha-Shanah[3] al mercante di Baalbek, tra poco meno di un mese. E il suo destino allora sarà per sempre quello della schiavitù...

Sollevai gli occhi, ma quando aprii la bocca per parlare le parole mi si strozzarono in gola.

– Almeno hai capito quello che ho detto? – insistette Miriam, con tono più duro e aspro.

Fu solo in quel momento che Jehoshua intervenne in mio aiuto.

– Siediti con noi, mamma – le disse tirandola per la veste. Mise le proprie mani nelle sue: – Cosa ti ha detto stamattina il vecchio Mordecai?

Gli occhi di Miriam si riempirono di stupore. – Come fai a sapere che gli ho parlato?

---

3 È il Capodanno ebraico che si celebra con grandi feste nel mese di Tishri, secondo il nostro calendario solitamente a settembre.

Jehoshua non rispose e lei lentamente chinò il capo.

– Ha detto che se al mercante di Baalbek darà Sara per cento dramme, da Joachim e da suo nonno ne vorrà non meno di duecento –. Si girò verso di me: – Bacuc l'ha truffato, lo scorso inverno. Gli ha fatto credere di poter guarire i vitelli ammalati di afta e invece quelli gli sono morti uno dopo l'altro.

Sollevò le spalle. La voce le si fece esile come un filo di paglia.

– L'ho implorato. Ho anche alzato la voce. Ma non sono riuscita a fargli cambiare idea. Se Josef fosse qui, forse...

Jehoshua mi fece un cenno verso la porta. – Tu ora vai, il buio sta calando e Sara ti aspetta ai sassi bianchi del ruscello. Io vi raggiungerò più tardi.

Uscii senza dire una parola pensando che volessero recitare da soli lo Shemah Israel delle prime stelle, oppure un'altra preghiera della sera, ma qualcosa mi spinse a tornare sui miei passi.

Mi affacciai sulla porta, cercando di non farmi scorgere.

Fu allora che vidi Miriam e Jehoshua inginocchiati sulla stuoia.

Lui le passava la mano sul capo, come per consolarla.

Lei parlava sommessamente, con parole che non riuscii a intendere.

Ma un brivido mi corse ugualmente lungo la schiena.

Perché era lui, ora, che sembrava il padre, e lei la figlia.

E perché sapevo che le parole dette sottovoce da Miriam erano tutte per me, il nipote di Bacuc il truffatore, e per Sara, la schiava nera di Mordecai.

5
Guarda, dietro quelle alture c'è il mare

PER ARRIVARE AL RUSCELLO girai intorno alle ultime case del villaggio, quelle che la gente più povera di Nazaret aveva costruito a ridosso della vecchia cava di argilla.

Poi, prima di addentrarmi nella campagna, superai anche il posto di guardia dei soldati romani.

I kittim consumavano la cena intorno ai fuochi e nell'aria stagnava l'odore acre delle cotenne di maiale prima abbrustolite e poi messe a bollire con il grano e le fave. Maiale, grano e fave erano il cibo preferito dai kittim.

Ma se il grano e le fave li acquistavano a sacchi interi e per pochi denari al mercato del lunedì, per avere i maiali dovevano trattare direttamente con il vecchio Mordecai.

E il vecchio Mordecai non mollava tanto facilmente la presa.

– Ha messo da parte più argento lui coi suoi porci – diceva mio nonno – che non Erode Antipa[1] con la sua parte di tributi.

Bacuc di certo esagerava. Ma tutti a Nazaret sapevano che Mordecai si era arricchito proprio con il commercio dei maiali.

A lui non interessava affatto che fossero bestie immonde che nessun israelita per bene avrebbe non solo mangiato ma neanche sfiorato con la punta delle dita. Ne aveva una mandria intera, giù agli stazzi di pietra dietro la collina dei susini, e la guardiana della mandria era Sara.

Era lei che svolgeva per Mordecai il lavoro più sporco e ingrato di tutta Nazaret. Ed era lei che quando Mordecai aveva rimpinguato la propria borsa doveva consegnare i maiali ai nuovi proprietari. Li spingeva con il suo bastone, facendo attenzione che girassero in-

[1] Il tetrarca, figlio di Erode il Grande, che per conto dell'imperatore Augusto amministrava le province ebraiche di Galilea e di Perea.

torno all'abitato e non si addentrassero nelle viuzze strette del villaggio, e poi li lasciava di fronte al posto di guardia. Sara non entrava mai nell'accampamento dei kittim.

Diceva che le loro parole schioccavano come colpi di frusta. Che i loro calzari battevano la terra con la stessa forza della grandine. Che l'espressione dei loro occhi era simile a quella dei maiali che si gettano tutti insieme sul pastone: e i maiali che si gettano sul pastone, come tutti sanno, sono molto più feroci dei lupi.

– Guarda – dissi a Sara, indicando i lontani profili delle alte colline che cingevano a ovest la valle di Izreel. – Dietro quelle alture c'è il mare...

Il ruscello dei sassi bianchi era molto distante da Nazaret, e sia io che Sara avevamo dovuto camminare a lungo, per raggiungerlo. Ma era quello il nostro rifugio segreto. E ora di fronte a noi l'intera valle si apriva nella sua vastità, illuminata dai raggi di una mezza luna pallida che aveva cominciato il suo cammino nel cielo.

Oltre la valle, e oltre le colline a ovest, c'era il Mare di Mezzo. E da qualche parte, dove il mare finiva, c'era Roma, la città dei kittim e dell'Imperatore.

– Tu l'hai mai visto il mare? – mi chiese Sara senza lasciar andare la mia mano.

– Sì, ma una volta sola. Quando ho accompagnato a Giaffa mio nonno Bacuc – le spiegai, cercando di ricordarmi i colori e gli odori della popolosa città che si affacciava sul porto. – È a Giaffa che arrivano le triremi dei kittim... Ed è sempre a Giaffa che vengono imbarcati i prigionieri ebrei...

– I ribelli zeloti e i sicari?[2].

– Non solo loro. Mio nonno dice che a sud i kittim hanno imprigionato un gran numero di nuovi schiavi... Uomini orgogliosi che come i loro padri non hanno voluto riconoscere il tributo ad Augusto. Li imbarcheranno sulle triremi e al di là del mare l'Impero li inghiottirà...

Sara abbassò il capo.

Anche lei era stata portata via dalla sua terra, inghiottita per sempre.

– Come hai fatto a venire via?

– Ho fatto come le altre volte – mi spiegò,

[2] Gli zeloti e i sicari erano i due gruppi che più fortemente si opposero al dominio di Roma.

sollevando appena le spalle. – Appena è tramontato il sole ho controllato che i recinti fossero ben chiusi. Ho acceso la lampada e l'ho messa dietro la tenda di giunchi della capanna. C'è abbastanza olio perché la fiamma duri tutta la notte. Poi sono risalita per la collina dei susini, senza che nessuno mi vedesse...

Sospirò.

– Credi che tuo nonno ti darà il denaro per riscattarmi? – fece poi all'improvviso. – Voglio dire... prima che Mordecai mi venda al mercante di Baalbek?

Mi girai a guardarla e il cuore mi schizzò via dal petto e corse ad affogarsi nelle acque del ruscello.

Sara era così esile che un soffio di tramontana avrebbe potuto spezzarla in due. E le sue braccia sottili ancora portavano i segni della frusta di Mordecai.

Se fossi stato un uomo fatto e cresciuto, invece che un ragazzetto alla vigilia del suo Bar Mitzvah, forse avrei trovato le parole giuste per rassicurarla o mentirle. Ma non ero alto più di un ginepro nano. E anch'io ora mi sentivo impotente come una gazzella smarritasi tra le dune del Negheb.

La prima volta che avevo visto da lontano Sara, osservandola di nascosto dalla collina che sovrastava la porcilaia, non mi era sembrata così esile e magra.

Sdraiato dietro i susini insieme agli altri ragazzi del villaggio, avevo riso di lei per quelle sue gambe lunghe e dinoccolate, per quella sua pelle nera.

– È più scura della sua ombra – aveva detto Ezra, figlio primogenito di Meuinim il mugnaio.

– E ha i capelli spessi come le setole dei suoi maiali... – aveva ghignato Bebai, figlio di Carim il cuoiaio che lavorava nella conceria di Mordecai.

Gli altri ragazzi invece avevano cominciato a raccogliere i sassi e si preparavano a darle una lezione. Ma non appena Ghibbar aveva teso le trecce di lana della sua fionda, mi ero sollevato in piedi e mi ero messo tra lui e la bambina.

– Mettila giù... – gli avevo detto.

Ghibbar, che era più alto di me di almeno una spanna, e che era grosso e grasso come una botte gonfia di vino nuovo, era andato su tutte le furie. Per tre volte aveva sputato davanti ai miei piedi. – Di che t'impicci? – mi aveva urlato contro, afferrandomi per la tunica e scaraventandomi a terra.

In quel momento era arrivato Jehoshua. Aveva esitato solo un attimo. Poi aveva fatto lo sgambetto a Ghibbar, gli aveva strappato la fionda.

– Tornate a casa ora – aveva detto agli altri ragazzi, mentre io raccoglievo un grosso bastone e mi mettevo al suo fianco. Quando

Ghibbar, Ezra, Bebai e tutti gli altri ormai avevano già risalito la collina, Jehoshua mi aveva fatto cenno di seguirlo.

Mentre ci avvicinavamo alla bambina, cercando di farle capire che non doveva avere paura di noi, mi era mancato improvvisamente il fiato.

– Attento, Joachim – mi aveva detto Jehoshua con il suo sorriso furbo. – O il battito del tuo cuore spaventerà i maiali.

E davvero il mio cuore aveva preso a battere a più non posso. Perché quando mi ero trovato davanti alla bambina, mi ero accorto che i suoi occhi erano i più grandi e belli che avessi mai visto sotto il cielo di Nazaret.

– Ha occhi di gazzella... – avevo mormorato.

– Sì – mi aveva fatto eco Jehoshua. – Ma sono spaventati come quelli di una gazzella che si è smarrita nel Negheb...

Mi staccai da Sara e tossii per schiarirmi la voce.

– Non so se Bacuc vorrà darmi quel denaro – cominciai a cincischiare. – Comunque, appena lui si deciderà a tornare a casa...

Lei mi poggiò una mano sulle labbra.

– Aspetta – disse. – Devo farti vedere una cosa.

Si addentrò tra i cespugli e quando tornò vidi che stringeva tra le mani un piccolo involto in panno di lino. Lo svolse tirandone fuori un coccio non più largo del palmo di una mano. Era un *óstrakon*[3].

– Me l'ha dato Jehoshua, l'altra sera... – spiegò, con quel suo strano accento.

– È venuto ancora da te? – le domandai.

– Sì. È venuto ogni sera, passando in mezzo ai susini perché nessuno lo vedesse. Non ha saltato neppure un giorno, per tutto il tempo che sei stato via con tuo nonno...

– Neppure un giorno?

– Neppure un giorno...

Per un momento provai una fitta di gelosia. Anche se sapevo che quelle visite rientravano nel piano che il mio amico aveva architettato per permettere a Sara di varcare la soglia della sinagoga.

[3] Termine di origine greca per indicare i cocci di terracotta usati per scrivervi sopra con uno speciale inchiostro indelebile composto con polvere di carbone e ferro.

6
È scritto nel Rotolo di Isaia

JEHOSHUA MI AVEVA RACCONTATO che quando Miriam aveva saputo che da quasi un anno a quella parte lui si recava ogni pomeriggio alla porcilaia del vecchio Mordecai, per insegnare a Sara i Salmi Antichi e le Mitzvoth, i precetti della Legge che avrebbe dovuto imparare a memoria, c'erano state grandi discussioni in famiglia.

Josef l'aveva preso da parte in falegnameria e gli aveva parlato a lungo. Ma quando era rientrato in cucina, con quel suo passo lento e posato, aveva allargato le braccia davanti a sua moglie.

– Ha ragione lui – aveva detto. – Perché se Joachim riuscirà a trovare il denaro per riscattare Sara, la ragazza prima o poi dovrà presentarsi davanti a rabbi Eliezer in sinagoga. Solo così potrà convertirsi alla Legge ed entrare a far parte del nostro popolo.

– Ma andare ogni pomeriggio in mezzo a quelle bestie immonde... – aveva obiettato Miriam, storcendo il naso – ...e in ogni caso avrebbe dovuto avvertirci... Se la gente del villaggio e il vecchio Mordecai dovessero venire a saperlo...

– La gente può pensare ciò che vuole. Se poi Mordecai dovesse davvero scoprirlo – aveva replicato Josef con una voce che non prometteva niente di buono – parlerò io con lui...

Alla fine Josef e Miriam avevano concluso che Jehoshua avrebbe potuto continuare ad andare da Sara. A patto che anch'io fossi presente, ogni volta che potevo, e che una volta tornato a casa lui purificasse il suo corpo dal contatto con la terra resa immonda dai maiali.

Così il mio amico da quel momento fu l'unico ragazzo di Nazaret a fare un bagno completo poco prima del calar del sole. Ma non disse a nessuno, nemmeno a suo padre e a sua madre, che ogni pomeriggio, insieme ai Salmi e alle Mitzvoth, insegnava a Sara anche quello che a ogni ragazza e a ogni donna di Israele era severamente proibito. E Sara, che sotto la sua guida imparava velocemente, ormai sapeva leggere e scrivere molto meglio di me.

Presi l'óstrakon in mano.

– Cosa c'è scritto? – domandai.

Prima che Sara potesse rispondermi una voce risuonò alle nostre spalle.

– C'è scritto: «Il Santo dei Santi mi ha mandato a portare un buon annunzio agli umili della Terra. La liberazione dei prigionieri, la libertà per gli schiavi...».

Jehoshua, in equilibrio su un sasso bianco in mezzo al ruscello, si rivolse a Sara: – Dove è scritto...? E cosa vuol dire?

– È scritto nel Rotolo di Isaia – rispose Sara. – E vuol dire che anche una schiava come me può affrancarsi ed entrare a far parte di Israele.

– Brava! – disse allora Jehoshua.

E con un gran salto si lasciò andare in mezzo all'acqua e si rialzò fradicio come un pulcino.

Lo vidi sorridere a bocca spalancata e mi domandai la ragione della sua improvvisa allegria.

– Domani Bacuc farà ritorno a casa...

Si accorse del mio sguardo incredulo e ripeté le sue parole.

– Tornerà a casa e Joachim parlerà con lui. E anche se quel vecchio spilorcio si rifiutasse di allentare i cordoni della borsa, non dovremo comunque preoccuparci... Perché Joachim ha finalmente un suo piano, per risolvere una volta per tutte questo imbroglio.

– Quale piano? – domandai, trasecolando.

Jehoshua mi guardò un po' stupito.

– Non hai un piano? – chiese. Per un attimo sembrò riflettere su qualcosa. – Be' – aggiunse – se ancora non l'hai, vuol dire che l'avrai presto...

Così dicendo, di nuovo saltò a piedi uniti nell'acqua del ruscello.

– Venite anche voi – ci invitò. – La notte è tiepida e l'acqua è fresca...

Sara si staccò da me e corse a bagnarsi nel ruscello.

E mentre quei due saltavano tra i sassi come grilli impazziti, lanciando grida e schizzandosi l'acqua l'uno contro l'altra, io continuai a domandarmi a che accidenti di piano si riferisse il mio amico Jehoshua.

Per far ritorno a Nazaret decidemmo di scendere lungo il versante che si affacciava sulla valle di Izreel, per poi imboccare la strada maestra che si insinuava tra le colline.

Camminammo a lungo e quando fummo in vista delle luci del villaggio Sara piegò a nord-est per raggiungere gli stazzi del vecchio Mordecai, mentre io e Jehoshua proseguimmo lungo il terrazzamento dove i kittim avevano il loro posto di guardia.

– Credi che ci sia troppa luce? – chiesi.

Lui guardò prima verso la luna gialla nel cielo, poi verso il posto di guardia.

– Non abbastanza per riconoscerci – rispose, sedendosi per terra e levandosi i sandali. Anch'io mi levai i sandali e mi misi in posizione di partenza.

– Spalla a spalla? – domandai.

– Spalla a spalla! – disse Jehoshua.

Ci lanciammo verso il posto di guardia e lo superammo gridando a squarciagola. Ci fermammo un attimo, sputammo tre volte per terra in direzione dell'accampamento, poi ci infilammo più veloci della folgore nelle viuzze strette di Nazaret.

Quando arrivammo di fronte alla casa di mio nonno ci fermammo di nuovo e ci rimettemmo i sandali.

– Gli si saranno drizzati i capelli in testa, ai kittim! – dissi, cercando di riprender fiato.

Jehoshua assentì e prima di andar via mi mise una mano sulla spalla.

– Hai buoni muscoli nelle gambe, Joachim... – mi disse. – Vedrai, ti serviranno presto, se vorrai mettere in atto il tuo piano...

E senza aggiungere altro se ne andò e mi lasciò di nuovo senza parole, come un pesce del Genesaret messo a seccare sotto il sale.

7
La lettera più piccola dell'alfabeto

– JOACHIM, luce dei miei occhi, apri questa porta, che il cielo ti fulmini!

Mi svegliai di botto e stordito mi alzai dalla stuoia.

Qualcuno batteva con un bastone sulla porta e quella sembrava proprio la voce di mio nonno.

– Joachim, luce dei miei occhi, che le pulci ti divorino il naso e le orecchie... TI DECIDI AD APRIRE QUESTA PORTA?!!

Mi diedi da fare intorno al robusto paletto che sbarrava l'uscio, e un attimo dopo Bacuc ruzzolò sul pavimento e lì rimase con gli occhi chiusi e la bocca spalancata.

Dietro di lui, con passo incerto, vidi farsi avanti Marak. Indossava una tunica di cotone senza strappi che sembrava appena uscita dal telaio, anche se era abbondantemente impolverata. Ora aveva la testa completamente rasata, un'ombra di barba che gli incorniciava il viso e le folte sopracciglia erano di nuovo chiare.

– Tuo nonno alla fin fine – disse quasi scusandosi – non mi ha più licenziato. Abbiamo fatto un altro lavoretto a Cana. Poi ha deciso che saremmo andati a Gerusalemme. Ma prima mi ha ordinato di riportarlo a Nazaret. Vuole che venga anche tu, con noi...

Solo in quel momento mi accorsi che sull'aia un grosso onagro grigio e dall'aria sfinita stava leccando il fondo umido di una tinozza.

– Ho dovuto comprare una bestia da soma, perché non era in grado di camminare... – continuò Marak allargando le braccia. – Ma è stata ugualmente dura, dal Genesaret sino a qui...

Guardai mio nonno steso sul pavimento.

– Cosa gli è successo? – domandai. – Ha preso la malaria?

Marak scosse la testa.

– Quale malaria...?!! – sbottò. – Non vedi che è ubriaco?

Bacuc, steso sul pavimento, sembrò sentire le sue parole. Perché per un istante sollevò le palpebre e fece un cenno nella sua direzione.

– Marak, luce dei miei occhi... – disse.

Poi si girò di lato e cominciò a russare.

Quello stesso pomeriggio, mentre Marak bighellonava per le vie di Nazaret e mio nonno ancora dormiva nella sua stanza, frugai da cima a fondo nei suoi abiti e nelle sue bisacce. Ma non trovai neppure una dramma.

Mi venne il dubbio che si fosse alzato senza che me ne accorgessi, magari mentre io prendevo il fresco sotto il pergolato, e che avesse nascosto la sua borsa da qualche parte.

Allora misi a soqquadro l'intera casa.

Aprii ogni cassapanca, sollevai tutte le stuoie e i tappeti. Guardai dietro le botti in cantina, tra i datteri e le barbabietole messe ad asciugare sul tetto, sotto ogni vecchia carabattola abbandonata nel retro del cortile e infine, con un lungo ramoscello, ispezionai persino i resti della brace nel forno del pane.

Ma del denaro di Bacuc non c'era nemmeno l'ombra.

Sembrava essersi volatilizzato. O magari lui l'aveva nascosto sotto un albero di fico, come aveva fatto Jeudah il Sicario con il suo tesoro.

Mi rifugiai deluso sotto l'ombra del porticato, quando vidi il servo di mio nonno che faceva ritorno.

– Bacuc è una persona difficile – borbottò Marak, accoccolato sui talloni di fronte a un secchio colmo d'acqua. Si lavò le mani e le braccia sino al gomito, poi tirò fuori dalla bisaccia mezzo pane duro d'orzo e una crosta di formaggio di capra.

La sua testa pelata rifletteva i raggi del sole e pensai che si era liberato per sempre dei suoi pidocchi.

– Entra in casa – lo invitai. – Potrai mangiare sulla mia stuoia.

Lui non si mosse e continuò a parlare con la bocca piena: – Proprio una persona difficile, ti dico. Prima mi ha licenziato... Poi mi ha ripreso... Poi ha voluto che facessi per lui l'indemoniato a Cana e infine si è messo in testa di andare a Gerusalemme per assistere alla corsa delle Venti miglia.

– Quale corsa?

– Dice che ci sarà un sacco di lavoro per lui, in auspici e benedizioni.

– Ma di quale corsa parli? – insistetti spazientito.

Marak strizzò gli occhi cisposi.

– Davvero non ne sai niente? Be', sei l'unico a non saperlo. Archelao[1] ha indetto una grande gara di corsa. Tuo nonno dice che l'ha fatto per calmare gli animi. Le sommosse si stanno avvicinando anche a Gerusalemme ormai...

Addentò il formaggio, masticò, sputò per terra e aggiunse: – La gara si svolgerà tra

[1] Figlio di Erode il Grande, fratello di Erode Antipa ed etnarca di Giudea, Idumea e Samaria.

una decina di giorni... Partirà dalla Porta delle Pecore, a nord della spianata del Tempio, e si concluderà sulle rive del Mar della Solitudine. Chi arriverà primo farà sue cinquecento dramme...

– Cinque... Cinquecento dramme? – balbettai.

– Proprio così – assicurò Marak.

Tese di nuovo le mani verso l'acqua. Ma io fui più veloce e lo precedetti.

Afferrai il secchio, entrai in casa e lo rovesciai tutto sulla testa di mio nonno, che ancora dormiva russando a bocca aperta.

– Joachim, che le pulci ti portino via il sonno per i secoli dei secoli!! – sbraitò Bacuc, rizzandosi a sedere sulla stuoia. – TI SEMBRA QUESTO IL MODO DI SVEGLIARE UN POVERO VECCHIO?

– Devo chiederti una cosa – dissi con la voce che quasi mi veniva a mancare. – Mi darai quel denaro che ti ho chiesto per Sara?

Mio nonno starnutì, si passò una mano sui capelli bagnati. – Non conosco nessuna Sara, io...

– Sai benissimo di chi sto parlando...

I suoi occhi si restrinsero sino a diventare due fessure sottili e malevole.

– Sì – disse. – So di chi stai parlando. Ma il suo nome è Iota... È così che l'ha chiamata Mordecai, il suo legittimo padrone... Solo tu, il tuo dannato amico Jehoshua e quella pazza di sua madre la chiamate con quel nome... Il nome della sposa di Abramo per una schiava nera!

Si levò in piedi e mi venne tanto vicino che potei sentirgli addosso la puzza di vino.

– Sai perché Mordecai le ha imposto quel nome, Iota? – continuò. – Perché questa è la lettera più piccola e insignificante dell'alfabeto[2].

Improvvisamente mi resi conto di odiarlo. – Allora non mi darai quel denaro...? – riuscii ancora a dire senza mettermi a urlare.

– Non ti darò nemmeno una dramma...

– Neanche la parte che mi spetta?

– Non ti spetta niente e non avrai niente... Niente, finché io sarò vivo...

Ricominciò a tossire, si piegò in due tenendosi lo stomaco. Poi si accorse di Marak che era comparso sulla soglia.

– Marak, il vino...! – sbraitò con tutto il veleno che aveva in corpo. – DOVE L'HAI NASCOSTO?

Mi avvicinai a Marak e gli parlai come se mio nonno non fosse più presente nella stanza.

– Quando sarà tornato sobrio – dissi – fagli sapere che me ne vado. E che non so

[2] Il nome della lettera greca, iota, deriva dall'ebraico *Yod*, che è simile per forma a un apostrofo: l'espressione "Non valere uno iota" significa non valere nulla.

quando tornerò –. Mi girai a guardarlo per un'ultima volta.

– E che di certo non verrò a piangere sulla sua tomba – aggiunsi, senza riuscire più a trattenermi – quando prima o poi schiatterà e i vermi divoreranno la sua carcassa!

Dopo di che, mentre Bacuc mi urlava di tornare indietro, afferrai la mia bisaccia e il mio mantello e uscii di corsa diretto a casa di Jehoshua.

Ma prima ancora che potessi arrivarci, per dirgli che ora sì, ora un piano l'avevo, vidi venirmi incontro Bebai, il figlio del cuoiaio.

Poggiai la bisaccia a terra e chiesi a Bebai perché accidenti parlasse sottovoce.

– Sssst! – mi fece di rimando lui, accostando l'indice alle labbra.

Mi trascinò a ridosso del muro di una casa e continuò a bisbigliare senza che riuscissi a capire quello che diceva.

– BEBAI! – esplosi. – Per caso le locuste ti hanno divorato la lingua?

Lui scosse la testa e accostò la bocca al mio orecchio: – Ho un messaggio per te da parte di Jehoshua – sussurrò. – Dice che devi raggiungerlo al tramonto dietro la collina dei susini... –. Si volse intorno sospettoso: – ...ma che prima devi passare a casa sua, perché Miriam deve consegnarti qualcosa...

Mi lanciò uno sguardo a metà tra l'invidia e l'ammirazione.

– Davvero andrai via di casa e parteciperai alla corsa delle Venti miglia?

Il cielo di Nazaret ballò di nuovo sopra la mia testa.

– Chi te l'ha detto? – mormorai.

Ma quella era una domanda inutile.

Sapevo benissimo chi gliel'aveva detto.

8
A piedi nudi sulla luna...

QUANDO ARRIVAI A CASA di Jehoshua trovai la porta esterna socchiusa e mi affacciai sul cortile.

Miriam, vedendomi arrivare, finì di sistemare due ampie bisacce sul dorso dell'asino Josafat. Poi mi disse di seguirla in cucina.

– Siediti, Joachim, devo parlarti.

Obbedii e le chiesi dov'era Jehoshua.

– È andato in sinagoga. Dice che deve parlare con rabbi Eliezer, prima di partire.

– Partire? – le chiesi. – Allora verrà anche lui con me?

Si passò una mano sulla fronte e continuò come se non avesse sentito le mie parole. – Mi ha chiesto di preparargli due bisacce con pane e formaggio e miele per almeno dieci giorni. E poi due orci d'acqua e farinata di lenticchie, e anche qualche ramo di datteri... È già tutto pronto, in groppa a Josafat.

Vidi che gli occhi le si inumidivano.

– Non gli ho chiesto io, di venire con me... – mormorai. – Neanche lo sapevo che oggi sarei dovuto partire.

– Ma lui sì, lui lo sapeva – aggiunse. – E non sono riuscita a fargli cambiare idea. Non c'è nessuno che riesca a fargli cambiare idea, quando si è messo in testa qualcosa...

– Ma se Jehoshua verrà con me, chi penserà a Sara?

– Sara verrà con voi. Perché Mordecai ha deciso di concludere l'affare con il mercante di Baalbek entro pochi giorni. Così non c'è più scelta: partirete stanotte e partirete insieme.

Un pensiero mi balenò in mente.

– Ma non possiamo partire stanotte! – esclamai. – Non dopo il tramonto del sole. Perché comincia il Sabato[1].

Miriam non riuscì più a trattenere i singhiozzi.

– È per questo che Jehoshua è andato a parlare con il rabbi in sinagoga. Tu stagli vicino – mi raccomandò. – E bada che non gli succeda niente, lungo la strada. Me lo prometti?

---

[1] Agli ebrei osservanti le Scritture imponevano di non viaggiare dal tramonto del Venerdì a quello del Sabato, giorno da dedicarsi al riposo, e in ogni caso di non camminare per più di 1200 cubiti, circa un chilometro e 400 metri.

Incrociai le dita sul cuore.

Lei allora sospirò. – Mio figlio... Ci sono molte cose di lui che tu non sai, e altre che io stessa non capisco. A volte i suoi pensieri sono così lontani. Come se...

– Come se camminasse a piedi nudi sulla luna?

– Sì... È per questo che gli altri ragazzi di Nazaret hanno paura di lui. Ma tu no, tu non hai mai avuto paura...

– Perché lui è mio amico – mormorai.

Fu in quel momento che Miriam mi strinse a sé in un lungo abbraccio.

E io dentro di me pensai che se l'abbraccio di una madre era morbido e caldo e profumato come quello, ero stato il ragazzo più sfortunato di Israele, a non averne mai avuta una.

Ogni volta che avevo provato a chiedere di mia madre a Bacuc lui aveva storto la bocca e aveva cambiato discorso.

Di mio padre sì, qualcosa mi aveva raccontato. Sapevo che faceva il fabbro, che era stato arruolato a forza nell'esercito di Erode Antipa, figlio secondogenito di Erode il Grande, e che le sue ossa erano finite a imbiancare nel deserto del Negheb, da qualche parte tra la costa di Eilath e il confine con l'Egitto.

C'erano state molte sommosse, in quegli anni, sia in Galilea, sia in Giudea, sia ai confini con l'Egitto. I villaggi di frontiera si erano ribellati ai kittim e tutti gli uomini in grado di combattere si erano uniti alle bande di Jeudah il Sicario, di Simone lo Schiavo e di Atronge e i suoi fratelli. I kittim, dopo le prime perdite, si erano asserragliati nella fortezza Antonia a Gerusalemme e avevano mandato contro i ribelli gli eserciti di Erode Antipa e di Archelao. Ma mio padre, da quel giorno, non era più tornato a casa.

Cosa ne fosse stato poi di mia madre, era un segreto che Bacuc aveva deciso di conservare per sé. E l'aveva conservato così bene che ancora non sapevo neppure se fosse viva o morta.

Quando l'ultimo raggio di sole smise di battere sui tetti di Nazaret e le vie si fecero deserte, mi incamminai tirando dietro di me Josafat.

L'aria si era fatta più fresca, perché il vento aveva preso a tirare forte dal nord, e ai piedi della collina dei susini trovai Sara imbacuccata sotto una lunga sciarpa di cotone che le fasciava la testa e il viso e poi le ricadeva sulle spalle.

– Dov'è Jehoshua? – le domandai, dopo aver legato Josafat a un palo della staccionata. E poi di seguito: – Ti ha già detto tutto, vero? Se verrai con noi correrai dei grossi rischi, perché Mordecai di sicuro manderà i suoi servi a cercarci. E non è detto che non offra una taglia ai kittim e ai mercenari del tetrarca, pur di riaverti...

Sara mi prese per mano e mi portò dentro la capanna.

– Jehoshua mi ha detto solo di indossare gli abiti più pesanti che avevo e di prepararmi a partire.

Mi accorsi che tremava.

– Sono molto preoccupata. Ha detto che mi avresti spiegato tutto tu, perché lui doveva parlare con rabbi Eliezer. Ma da quel momento non si è fatto più vivo...

– Non temere – la rassicurai. – Jehoshua presto sarà qui.

Le spiegai ogni cosa. Ci saremmo addentrati nella valle del Giordano e in uno o due giorni di sicuro saremmo riusciti a far perdere le nostre tracce. Poi in altri cinque o sei avremmo raggiunto Gerusalemme. Dopo di che Jehoshua si sarebbe iscritto alla corsa delle Venti miglia e di certo l'avrebbe vinta.

– Capisci? Daremo a Mordecai quel che gli spetta e poi...

– ...poi saremo liberi?

– Sì.

– ...di andare dove vorremo e di fare ciò che vorremo?

– Proprio così.

Fece un cenno di assenso, ma negli occhi le lessi ancora una grande paura.

– Però non è così che avevamo pensato di fare...

– Hai ragione – ammisi. – Ma non abbiamo scelta. Perché se è vero che Mordecai intende concludere il suo affare con il mercante di Baalbek entro pochi giorni, io e Jehoshua non ce la faremo mai a tornare in tempo... Neanche se lui dovesse vincere davvero la corsa delle Venti miglia...

All'improvviso fece una strana smorfia.

– C'è un'altra cosa che Jehoshua mi ha raccomandato di dirti – sussurrò.

– Che cosa? – domandai.

– Che lui non corre per denaro.

– Non corre per denaro?

– Mi ha detto di dirti così...

Per un attimo sperai che Sara avesse capito male le sue parole.

Solo Jehoshua poteva partecipare alla gara delle Venti miglia con la certezza di vincerla.

– Ma se non sarà lui, a correre... – biascicai.

– Se non sarò io sarai tu – intervenne una voce alle nostre spalle.

Ci girammo e vedemmo Jehoshua sulla soglia.

Stavo per domandargli per quale motivo volesse venire con noi per poi lasciarci negli impicci, quando mi accorsi che aveva il viso attraversato da un lungo segno rosso che gli partiva dal mento e gli arrivava sotto l'occhio sinistro.

– Cosa ti è successo? – domandai.

Sara si precipitò in avanti, gli prese il viso tra le mani.

– Non è niente – fece lui. – Sono andato a parlare con rabbi Eliezer. Abbiamo discusso a lungo ma alla fine mi ha dato ragione. Potremo viaggiare di Sabato, visto che abbiamo buoni motivi per farlo. Però non gli ho detto che Sara sarebbe venuta con noi. L'ho solo pregato di stare vicino a mia madre, finché mio padre non farà ritorno...

– Ma chi ti ha fatto questo? – chiese ancora Sara, senza levare le mani di ebano dal suo viso.

Per un attimo Jehoshua stette a guardarci imbambolato.

– È stato Bacuc – ammise infine sottovoce. Allontanò da sé le mani di Sara e si grattò la testa. – Mi ha aspettato fuori dalla sinagoga e non ho fatto in tempo a fuggire il suo nerbo. Mi è sembrato zuppo di vino sino alla radice dei capelli. In un primo momento voleva sapere dove ti fossi nascosto. Poi ha gridato che era colpa mia se tu eri fuggito di casa, e mi ha colpito sul viso...

Jehoshua mi venne vicino, prima che io potessi dire qualsiasi cosa, e improvvisamente mi sorrise.

– Sai – aggiunse stringendo me e Sara nello stesso abbraccio – tuo nonno vuole che ti lasci perdere. Ha detto che non sopporta che tu frequenti cattive compagnie...

9
Gerusalemme aspetterà

INVECE DI DIRIGERCI A EST, per raggiungere la valle del Giordano e poi seguire il corso del fiume verso sud, così come avevo pensato, prendemmo la direzione opposta e ci incamminammo verso la piana di Izreel.

Secondo Jehoshua, quando Mordecai si sarebbe accorto della scomparsa di Sara, avrebbe sguinzagliato i suoi servi proprio nella direzione del Giordano.

– È quella la via che seguono tutti i fuggiaschi che vogliono arrivare sani e salvi in Egitto – aveva detto. – Perché è la più lunga ma anche la più sicura. E dove credi pensino possa voler fuggire, una schiava dalla pelle nera, se non in Egitto?

A me invece quella sembrava la peggiore di tutte le soluzioni.

– Se scenderemo nella piana di Izreel, poi dovremo incamminarci lungo la Via Maris –

avevo obbiettato. – E la Via Maris è infestata dai kittim e dai mercenari di Archelao. Oppure dovremo proseguire per Gerusalemme seguendo la via delle colline... Ma nei villaggi sulle colline si nascondono i ribelli. E né io né tu sappiamo quali altri pericoli ci attendono...

Jehoshua però si era mostrato irremovibile.

– È necessario attraversare la piana di Izreel...

– Ma è una pazzia... – avevo insistito io.

– Sarebbe una pazzia più grande infilarci nella valle del Giordano, come pesci in una rete già tesa.

A quel punto era stata Sara a intervenire nella discussione.

– Joachim... Facciamo come dice lui. Lui sa cosa dobbiamo fare.

Così ci allontanammo dalla collina dei susini e poi piegammo a ovest lungo un sentiero poco battuto.

Jehoshua aprì il cammino, Sara gli si mise dietro con il suo passo leggero e io, tirandomi dietro Josafat, non potei fare a meno di domandarmi se lui fosse venuto con noi solo per dividere la nostra avventura. O se invece non fosse mosso da qualche altra misteriosa ragione.

Camminammo in silenzio per tutta la notte, sino ad arrivare sulle sponde del torrente Kison. Qui facemmo una sosta e lasciammo che Josafat si abbeverasse a suo piacimento.

Poi proseguimmo lungo la riva per cercare un guado sufficientemente sicuro. Lo trovammo al di là di qualche ansa e, dopo esserci levati i sandali e arrotolate le tuniche sui fianchi, lo superammo senza troppe difficoltà. Sull'altra riva proseguimmo seguendo il corso delle acque, sino a quando le prime luci dell'alba le colorirono di rosa e di viola.

Decidemmo di fare un'altra breve sosta e ci lasciammo andare sulla sabbia. I piedi mi facevano male e ancora mi domandavo per quale dannatissimo motivo Jehoshua non volesse partecipare alla corsa delle Venti miglia. Forse era il momento giusto per affrontare l'argomento.

Così feci un cenno a Sara e lei prese da una bisaccia il necessario per accendere il fuoco.

– No – la fermò Jehoshua, sollevandosi e guardandosi intorno. – È meglio non accenderlo.

Anch'io mi levai in piedi e tesi l'orecchio, un rumore sordo proveniva al di là degli arbusti di oleandro e lentisco.

– Sembrano gli zoccoli di molti cavalli – dissi.

– Sì – confermò Jehoshua. – E solo i kittim usano i cavalli...

Mentre il rumore sordo si allontanava, una volpe sbucò dalla macchia. Per un attimo ci guardò sorpresa, con il muso argentato levato in alto a carpire i nostri odori e le nostre intenzioni, e poi si diede alla fuga nella direzione da cui eravamo venuti.

– È un brutto segno – mormorò Sara.

– No – ribatté Jehoshua. – È soltanto un segno...

E nello stesso punto dove era comparsa la volpe apparve un uomo dalla schiena curva e dai lunghi capelli bianchi, che reggeva i suoi passi su un grosso bastone.

A prima vista mi sembrò un mendicante. Uno dei tanti coperti di piaghe e di pulci che vagavano per le campagne cercando qualcosa da mettere sotto i denti, e che a volte si intrufolavano nei villaggi bussando alle porte delle sinagoghe e tendendo la mano all'uscita dalle funzioni.

Anche Sara dovette avere la stessa impressione. Perché subito prese una focaccia da una delle bisacce ancora appese alla groppa di Josafat e mi venne vicina.

Sara aveva un debole per tutti i mendicanti. Forse perché, come succedeva a lei, anche a loro era proibito entrare nel Tempio.

Qualche mese dopo l'arrivo di Sara, il vecchio Mordecai l'aveva portata al Tempio e le aveva detto di restare fuori dalla soglia, dove anche gli stranieri potevano sostare e ascoltare le preghiere che si recitavano durante la funzione. Era la seconda notte di Pesach, la Pasqua, e come sempre succedeva in occasione delle feste più importanti, Nazaret era stata invasa da tutti i mendicanti della zona.

Seduti a fianco a lei per terra, tendevano la mano a quelli che entravano in sinagoga, e rabbi Eliezer, poco prima, era andato in mezzo a loro per distribuire la decima di pane, farro, fave e altri legumi secchi.

Quando però lui era rientrato nel Tempio e io già mi apprestavo a seguirlo, mi ero accorto che Jehoshua invece di venirmi dietro si era seduto tra Sara e un omone anziano dalle enormi braccia e dalla bocca ricurva e senza denti, coperto da capo a piedi di piaghe e di sporcizia.

– Cosa fai qui, soldo di cacio? – gli aveva chiesto bruscamente l'uomo, in uno strano miscuglio di aramaico e greco. – Il tuo posto è lì dentro. E la funzione sta per iniziare.

– Sì – avevo aggiunto io, tirando il mio amico per la tunica. – Il nostro posto è lì dentro...

– Le preghiere e le benedizioni che si possono dire nel Tempio – aveva ribattuto Jehoshua – qualche volta si possono dire meglio a cielo aperto.

– Ma qui c'è freddo – avevo protestato. – E lì c'è caldo.

– È vero – mi aveva risposto allora, con

quella voce calma e ostinata che mi mandava fuori dai gangheri. – Ma qui si vedono le stelle...

Così dicendo aveva volto il capo prima verso il cielo e dopo verso i mendicanti seduti intorno a lui. Poi, accorgendosi che Sara aveva compreso il senso delle sue parole e sorrideva, si era girato verso di lei.

– Tu già capisci la nostra lingua? – le aveva domandato.

Lei aveva fatto di sì con la testa.

– Bene – aveva concluso allora Jehoshua.

E io, non sapendo cosa fare, ero rimasto in piedi alle sue spalle, senza trovare il coraggio né di entrare in sinagoga, né di sedermi vicino a lui.

Quando l'uomo uscito dalla macchia fece due o tre passi avanti e poi inciampò su un grosso sasso e cadde in terra a faccia in giù, capimmo che qualcosa non andava.

Gli corremmo incontro e quando fummo a pochi passi da lui ci rendemmo conto che non era affatto un mendicante. Perché le sue spalle erano coperte da un *tallit*, lo scialle sacro tessuto in lana fine e sfrangiato ai quattro angoli, e perché ben stretti sul braccio sinistro e sulla fronte portava i *tefillin*[1].

---

[1] Piccole scatole contenenti rotolini di pergamena che riportano alcuni passi della Torah.

Intorno alla vita aveva due strisce di cuoio intrecciate, alle quali erano appesi una decina di campanelli di bronzo.

Tremava e vaneggiava come faceva Marak quando recitava per mio nonno la parte dell'indemoniato. Ma non fu questo a far allontanare inorridita Sara.

– Guardate – disse, indicandogli gli occhi. – Qualcuno l'ha accecato...

Due grossi rivoli di sangue scendevano dalle orbite del vecchio e si riversavano sul bianco candido della sua barba. Anche la tunica era macchiata di sangue, e solo allora mi resi conto che un'altra ferita sanguinava in mezzo al petto.

– Presto! – ci disse Jehoshua afferrandolo sotto le ascelle.

Io e Sara lo prendemmo per le gambe e tutti insieme lo trascinammo sulla riva del torrente. Gli lavammo il viso, riuscimmo a fargli bere un po' d'acqua e poi gli fasciammo gli occhi con un sottile telo di cotone.

Non c'era niente altro che potessimo fare per lui.

– Vecchio... – dissi, sollevandogli le spalle e adagiandogli il capo su una bisaccia. – Chi è stato a farti questo?

– I kittim. Sono stati i kittim...

Fu allora che avvenne qualcosa che io e Sara non saremmo mai riusciti a spiegarci.

Il cieco prima prese le mie mani fra le sue, poi scosse forte il capo.

– Non sei tu – disse, cercando di sollevarsi.

Sara si fece avanti per sostenerlo e lui afferrò anche le sue mani.

– Neanche tu – aggiunse, coi tratti del viso che si tendevano in uno spasmo.

Ma quando Jehoshua si piegò in avanti e porse le sue mani, il viso del vecchio si distese e dalla sua bocca uscì un sospiro.

– Ecco... Sei tu, finalmente – mormorò

con la voce che si affievoliva. – Ti stavo aspettando –. Poi con un ultimo sforzo agitò la mano nell'aria e ordinò: – Mandali via. Dobbiamo parlare, prima che per me sia troppo tardi...

Il sole non era ancora alto nel cielo quando Jehoshua si allontanò dal vecchio e si riavvicinò a me e a Sara, che avevamo portato le nostre cose e Josafat all'ombra degli arbusti.

– È morto – disse.

Guardai Sara e lei guardò me senza dire una parola.

– Si chiamava Shemuel. Dobbiamo seppellirlo.

Andai dietro a Jehoshua sulla riva del fiume e qui aiutandoci coi coltelli scavammo nella sabbia una fossa non troppo profonda. Sara rimase seduta vicino a Josafat.

Prima di ricoprire la fossa slegai i lacci di cuoio che assicuravano i tefillin alla fronte e al braccio del vecchio e gli tolsi anche la lunga cinta di campanelli. Poi Jehoshua gli gettò un po' d'acqua sul viso, tre manciate di terra sul petto.

Solo quando tutto fu finito trovai il coraggio di rivolgergli la domanda che mi ero tenuto dentro.

– Lo conoscevi? – gli chiesi, porgendogli i tefillin e la cinta di campanelli.

Jehoshua mi guardò con gli occhi velati.

– Era un rabbi – mormorò. – E non l'avevo mai visto prima, in vita mia.

Mi accorsi che qualcosa lo turbava profondamente.

– Ma mi ha detto delle cose, di me... delle cose... – aggiunse. Poi si scosse e indicò la macchia verde dove era apparso il vecchio. – Dobbiamo andare da quella parte, ora. Perché ho promesso a rabbi Shemuel che avrei fatto qualcosa per lui...

– Ma così ci allontaneremo dalla strada per Gerusalemme – protestai, non comprendendo il perché di quella pazzia.

Jehoshua sollevò le spalle.

– Gerusalemme aspetterà – disse, raccogliendo la sua roba e mettendosi in cammino.

Allargai le braccia verso Sara, ma mi accorsi che neanche lei mi dava retta. Con il viso rigato dalle lacrime si assicurò che le bisacce fossero ben sistemate sulla groppa di Josafat e senza dire una parola seguì Jehoshua tra gli arbusti.

10
Questo dunque facevano i kittim...

Ci addentrammo nella macchia e risalimmo un costone non troppo ripido che si apriva su una spianata interamente coperta di cespugli di anice e piccoli arbusti di ginepro. Sul finire della spianata, dove si alzava un lungo filare di cipressi e la terra si faceva più arida e spoglia, trovammo le tracce di un sentiero che prima si immergeva in un avvallamento stretto e buio e poi risaliva sul fianco di una bassa collina.

– Ecco – disse Jehoshua, indicandone la sommità. – Dovrebbe essere proprio lì dietro...

– Che cosa? – domandai.

Lui non rispose e accelerò il passo, come se qualcosa o qualcuno lo aspettasse al di là della collina.

In poco tempo ci distanziò e lo vedemmo scomparire oltre la linea del crinale. Quando anche io e Sara riuscimmo a superarlo, in fondo alla vallata comparvero una decina di case adagiate l'una vicina all'altra, messe in semicerchio intorno a un piccolo spiazzo polveroso dove un pioppo dalle lunghe fronde lasciava cadere la sua ombra.

– È quello il villaggio del vecchio rabbi... – spiegò Jehoshua, che si era seduto su un grosso sasso per riprendere fiato.

Per un po' restammo a osservare i tetti delle case, dove le donne avevano steso i panni ad asciugare. Addossato al muro di un piccolo edificio, forse una stalla o forse il granaio, vedemmo anche un recinto desolatamente vuoto, mentre alcune capre brucavano l'erba poco più in là.

Mi domandai come mai un rabbi fosse andato a vivere in uno scalcinato villaggio di pastori e contadini come quello. Poi mi accorsi che stava succedendo qualcosa di strano, là sotto. Perché per quanto il sole fosse ormai a metà strada nel cielo, non vidi né un uomo, né una donna, né un bambino.

– Andiamo via – dissi. – C'è qualcosa che non va laggiù.

– Aspettate qui, se volete... – fece invece Jehoshua, imboccando il sentiero che scendeva verso il villaggio.

Per un po' lo seguimmo con lo sguardo.

– Cosa facciamo? – mi chiese Sara.

Abbassai gli occhi, sentendomi un vigliacco.

– Torniamo indietro – biascicai. – Stiamo perdendo tempo prezioso –. Cercai di ritrovare la mia voce: – E ci stiamo allontanando sempre più dalla strada per Gerusalemme.

Lei allora mi venne più vicina.

– Non arriveremo mai a Gerusalemme, senza di lui...

Si girò e mi fece cenno di seguirla.

Raggiungemmo Jehoshua poco prima che arrivasse allo spiazzo antistante le case del villaggio.

Lì la terra era ricoperta dalle impronte di molti cavalli e vicino all'abbeveratoio posto all'ombra del pioppo vedemmo un cane riverso per terra, in una pozza di sangue.

Tutto era immobile, l'unico suono che si sentiva era quello dei panni sui tetti che schioccavano al vento.

– Cosa stai cercando? – chiesi, vedendo che Jehoshua si guardava intorno, indeciso da che parte andare.

– Sto cercando il Tempio...

– Il Tempio!? – esclamai. – Non crederai davvero che in un villaggio pulcioso come questo ci sia anche un Tempio?

– Dev'essere quello... – insistette lui, indicando una casetta storta e malmessa che si alzava solitaria all'estremità del villaggio. – C'è qualcosa lì, che devo prendere...

Ma, prima che potessimo arrivarci, la voce di Sara ci bloccò a mezza strada.

– JOACHIM, JEHOSHUA... VENITE QUI, PRESTO...!

Corremmo sino alla casa più grande del villaggio, l'unica intonacata di bianco, e attraversammo insieme la soglia.

Subito dopo trattenni un grido e per la prima volta credetti a quanto mio nonno mi aveva raccontato sulla ferocia dei kittim.

Era stato a Giaffa che mio nonno mi aveva raccontato delle sommosse che avevano messo a ferro e fuoco la terra di Israele, quando io ero venuto al mondo da appena un anno.

Di fronte alla grande baia dove le triremi dei kittim si mettevano alla fonda, Bacuc si era seduto all'ombra di una palma tanto alta che sembrava volesse bucare le nuvole ed era rimasto a osservare l'incessante viavai di uomini e di merci che si affollavano sulla riva.

– Ne arrivano sempre di nuovi... – aveva detto, sputando per terra un pezzo di carruba troppo duro per i suoi pochi denti. – E quelli che arrivano sono sempre peggiori di quelli che li hanno preceduti...

– Sono prepotenti e pericolosi... – avevo ribattuto io, affascinato dallo svolazzare dei mantelli color porpora dei centurioni. – Ma a Nazaret non hanno mai ucciso nessuno...

Mio nonno allora mi aveva guardato

come se fossi rimasto vittima di un colpo di sole.

– Joachim, che i pidocchi ti facciano il nido sulla testa... – aveva sbottato. – ...È MAI POSSIBILE CHE IN QUELLA ZUCCA VUOTA NON SIA RIMASTO NEMMENO UN PO' DI SALE?

Si era levato in piedi e aveva maledetto tutti i nipoti che la sorte gli aveva mandato in mezzo ai piedi.

– I kittim – aveva aggiunto – non uccidono gli schiavi. E questo sono diventati gli israeliti... Schiavi dei kittim e dell'Impero! Ma se qualcuno non paga il tributo, se qualcuno solleva le armi contro di loro...

Si era girato verso la baia, dove le vele delle triremi luccicavano vivide sotto i raggi del sole: – Ho visto delle cose, sai... quando Simone lo Schiavo e Jeudah il Sicario presero le armi e interi villaggi si sollevarono...

– Cosa hai visto? – mi ero azzardato a dire. – Raccontami del tesoro, ti prego.

– Non c'entra il tesoro ora...

– Raccontami di mio padre, allora.

– Non c'entra nemmeno tuo padre.

Si era rimesso a sedere, aveva poggiato la testa sul tronco dell'albero e aveva addentato un altro pezzo di carruba.

– Quando in Israele arrivarono le Legioni romane dalla Siria, per reprimere le rivolte – aveva cominciato socchiudendo gli occhi, mentre mi chiedevo se mi avrebbe detto la verità o se non fosse sul punto di propinarmi uno dei suoi soliti racconti infarciti di bugie – ... io mi trovavo in viaggio per le province della Perea e della Giudea. È lì che ho visto interi villaggi dati alle fiamme, centinaia di uomini appesi sulle croci[1]. E anche donne e bambini, riversi l'uno sull'altro.

[1] Dopo gli insuccessi dell'esercito di Archelao, i Romani sedarono le sommosse condannando alla crocifissione almeno duemila patrioti ebrei.

Erano riversi l'uno sull'altro. Ed erano vecchi, donne e bambini.

Jehoshua disse a Sara di non guardare, ma lei scosse il capo e si rifiutò di uscire dalla stanza buia e senza finestre.

Questo dunque facevano i kittim.

Avevano radunato la gente del villaggio in quella casa, poi avevano passato tutti a fil di spada. Vidi una giovane donna riversa su una ragazzetta che doveva avere pressappoco la nostra età, e di fianco a lei un vecchio che ancora stringeva tra le braccia un bam-

bino di pochi anni. Vicino alla parete c'erano invece altre due donne adulte e una bambina dai capelli neri come il fondo di un pozzo. L'intero pavimento era ricoperto di cadaveri.

– Come hanno potuto far questo? – chiesi, senza riuscire a girare lo sguardo.

– Non capisci? – disse Jehoshua. – Cercavano gli uomini, ma non li hanno trovati. Allora se la sono presa con le donne, coi vecchi e coi bambini...

In quel momento mi resi conto che non c'era neanche un uomo, salvo due o tre persone molto anziane, tra i corpi stesi sul pavimento.

– Jehoshua – mormorai, afferrandolo per la tunica. – Vieni, andiamo via...

– Non possiamo lasciarli così – rispose lui, girandosi lentamente. – Senza il conforto di una preghiera e senza neanche accendere una candela che accompagni il loro ultimo cammino... Ma voi andate, resterò io qui.

– Senza di te non ci muoviamo – fece Sara scuotendo il capo.

– Appunto – aggiunsi io. – Prendi quello che devi dal Tempio, se quello che abbiamo visto è un Tempio, e poi torniamo sulla strada per Gerusalemme!

Prima però che potessi uscire dalla stanza, Sara mi strinse il braccio. Mi girai e vidi che aveva gli occhi sbarrati.

– Cosa c'è? – le domandai.

Solo allora riuscii a scorgere meglio il viso di Jehoshua, che si era portato più vicino alla soglia e che ora era in piena luce.

Con la fronte aggrottata in rughe profonde come solchi di campo, ci parlò con la voce di un vecchio che aveva già visto di tutto e di troppo, sotto il cielo di Israele.

– Ho detto che non verrò con voi...

Feci un passo indietro spaventato.

– Jehoshua – mormorò Sara. – Il segno del nerbo di Bacuc sulla tua guancia... –. Fece uno sforzo per non mettersi a piangere: – Sta sanguinando!

Lui allungò la mano e nascose il viso come se si vergognasse.

– Tornate al fiume – disse – e poi riprendete la strada per Gerusalemme senza fermarvi –. Ci volse le spalle e addolcì un po' la voce: – Io farò di tutto per raggiungervi prima che il sole tramonti.

Uscii all'aperto e prima di riprendere il cammino corsi sotto l'ombra del pioppo. Qui Sara mi tenne la testa sollevata, mentre io vomitavo tutto ciò che avevo dentro, anche l'anima.

11
C'è una cosa che devo chiederti...

RAGGIUNGEMMO IL TORRENTE Kison e ci allontanammo da esso verso sud, procedendo sul terreno pianeggiante ma senza staccarci troppo dalla linea irregolare delle colline.

La nausea non mi aveva abbandonato. Per di più non avevo messo niente sotto i denti dalla sera prima, salvo qualche dattero che avevo lasciato sciogliere in bocca appena era sorto il sole. Così che, dopo alcune miglia, le forze cominciarono a mancarmi e ogni passo si fece più pesante e doloroso.

Sara non stava meglio di me. Ma nel tardo pomeriggio riuscii a convincerla a salire in groppa a Josafat, e in quel modo andammo avanti sino al tramonto.

Ormai eravamo in vista della Samaria e il Sabato ci aveva protetti sin lì da ogni sguardo indiscreto. Gli unici esseri viventi che avevamo incrociato lungo il cammino erano stati un coniglio selvatico che al nostro passaggio si era infilato velocemente nella tana e un nugolo di vespe che per qualche tempo aveva ronzato sulle nostre teste e poi si era allontanato radente al suolo.

Sara per tutto il tempo era rimasta assorta nei suoi pensieri, ma spesso si era voltata indietro, per vedere se Jehoshua ci stesse raggiungendo.

Quando però il sole stava per terminare il suo cammino, andando ad adagiarsi in lontananza là dove doveva esserci il Mare di Mezzo, il nostro amico non ci aveva ancora raggiunto.

– Accenderemo il fuoco... – dissi, aiutando Sara a scendere dalla groppa di Josafat – in modo che possa vederci da lontano...

Lei assicurò l'asino albino al tronco ritorto di un olivastro e tirò fuori dalla bisaccia la paglia secca e le pietre focaie, mentre io mi davo da fare per raccogliere un po' di legna.

Quando la luce delle prime fiamme prese il posto dell'ultimo raggio di sole, mi lasciai andare finalmente sulla stuoia.

– Il nostro vantaggio termina in questo esatto momento – sospirai. – E i servi di Mordecai saranno già in cammino...

Spalmai uno spesso strato di miele su una focaccia, la tesi a Sara.

– Devi mangiare qualcosa ora... – insistetti. – Perché domani il cammino sarà ancora più difficile.

– Sto pensando a tutti quei morti – disse Sara. – E anche a Jehoshua. Forse non avremmo dovuto lasciarlo solo. Se i kittim sono tornati in quel villaggio...

Cercai di allontanare il timore che mi aveva accompagnato sin lì. – Non credo che i kittim siano tornati al villaggio – dissi. – Non ne avevano il motivo –. Per un attimo i miei occhi si smarrirono nel buio: – Avevo promesso a sua madre che gli sarei stato vicino. Ma Miriam l'aveva detto. Quando Jehoshua si mette in testa qualcosa...

Fu a quel punto che Sara lasciò andare la focaccia e fece una strana smorfia.

– Joachim... C'è una cosa che devo chiederti...

– Che cosa?

– Jehoshua: lui è un *bachoi,* Uno dei Pochi, vero?

– Come Uno dei Pochi?

– Al mio villaggio li chiamavano così. Bachoi. La gente dei prodigi. Uomini e donne che conoscono il futuro e vedono ciò che a tutti è più nascosto. Ma la loro è una vita terribile. Perché conoscendo il futuro e vedendo ciò che deve restare nascosto, già sanno quale sarà il loro destino...

– Vieni qui – le dissi.

Le misi un braccio intorno alle spalle.

– Ho detto a Miriam che suo figlio a volte sembra camminare a piedi nudi sulla luna, – mormorai – ma noi non dobbiamo farci troppe domande su Jehoshua. Perché forse neanche lui saprebbe rispondere...

– Sbagli – ribatté Sara. – Lui saprebbe rispondere. Forse siamo noi che non riusciremmo a capire.

– Eppure ci sono cose – dissi – che neppure Jehoshua ancora capisce di se stesso...

Neppure mio nonno Bacuc, che pure inventava frottole e storie fantastiche dalla mattina alla sera, sarebbe riuscito a inventare una storia come quella che rabbi Eliezer ci aveva narrato a poche ore dalla notte di Pesach. Prima che facessimo ritorno a casa, dopo aver riposto sulle mensole le pergamene e i calamai con l'inchiostro rosso e nero, ci aveva riuniti nel cortile e ci aveva raccontato di una grande strage che a suo dire i soldati di Erode il Grande avevano compiuto una decina di anni prima in un piccolo villaggio abbarbicato sui monti della Giudea.

– Il villaggio si chiamava Betlemme – ci aveva spiegato – e i soldati uccisero tutti i bambini nati in quell'anno...

– Tutti? – aveva domandato Ezra, facendo l'occhiolino a Bebai.

– Tutti – aveva ribadito il rabbi. – E questo cosa ci fa capire, alla vigilia di questa notte di Pesach?

– Che Erode il Grande era ancora più paz-

zo di suo figlio Antipa – aveva risposto Bebai.
– Oppure che rabbi Eliezer ogni tanto le dice grosse – aveva invece osato Ghibbar, che non vedeva l'ora di tornare a casa per mettersi a tavola.

Il rabbi allora aveva sollevato Ghibbar per le orecchie e l'aveva messo con la faccia contro il muro del cortile.

– Ci fa capire – aveva continuato poi, cogliendo come al solito l'occasione per dare addosso ai padroni di Gerusalemme e Cesarea – che la libertà ritrovata con la fuga dall'Egitto non è ancora una vera libertà, se un re al soldo dei kittim può disporre della vita e della morte dei figli di Israele.

Jehoshua aveva ascoltato il racconto di rabbi Eliezer in silenzio. Poi scuotendo la testa aveva detto: – I soldati non uccisero tutti i bambini. Ne uccisero quarantotto. Ma uno si salvò...

Ci eravamo girati a guardarlo.

– E tu come fai a saperlo? – gli aveva chiesto Ghibbar sogghignando.

– Lo so – aveva ribattuto Jehoshua. – Ma c'è una cosa che non so...

Il rabbi, che aveva imparato a non prendere di petto le stranezze del mio amico, lo aveva guardato serio in volto e gli aveva domandato:

– Cos'è che non sai?

Jehoshua per un po' aveva tentennato. Poi con un filo di voce aveva aggiunto:

– Non so perché si è salvato, quell'unico bambino... –. Rabbi Eliezer per un attimo era rimasto interdetto. Poi non sapendo cosa dire si era girato verso Ghibbar, che ancora sogghignava, e gli aveva assestato un sonoro scapaccione.

– Ghibbar – aveva detto – spero che i tuoi ti lascino a digiuno. E che non ti diano nemmeno un minuscolo pezzetto di *matzah*[1], razza di fannullone buono a nulla...

Aggiunsi un po' di legna al fuoco, presi un'altra coperta e la misi addosso a Sara, che aveva poggiato il capo sulla stuoia e si era addormentata di colpo. Mi risedetti vicino a lei e mi domandai se davvero fosse stata una buona idea, quella di fuggire da Nazaret per partecipare alla corsa delle Venti miglia. Sapevo di avere pochissime possibilità di vincerla. E se non fossi riuscito a far cambiare idea a Jehoshua, la nostra fuga sarebbe stata inutile. Così io e Sara non avremmo mai più rivisto Nazaret. E probabilmente saremmo dovuti fuggire in Egitto.

Un pensiero mi colpì all'improvviso.

Chi avrebbe accompagnato me e Sara da-

[1] Il pane azzimo, non lievitato, che si mangia per tutti gli otto giorni di Pesach.

vanti al rabbi, se fossimo dovuti fuggire in Egitto? Sapevo che ad Alessandria c'era una sinagoga, perché me l'aveva detto mio nonno, ma non era certo che il rabbi avrebbe permesso a un ragazzo senza padre e senza madre di celebrare la sua maggiorità religiosa. A Nazaret sarebbero stati Miriam e Josef a presentarmi, visto che a Bacuc era vietato l'ingresso al Tempio. Ma in Egitto? E Sara non aveva neppure completato la sua preparazione...

Sospirai e mi stesi sulla stuoia.

Neanch'io avevo completato la preparazione.

Chiusi gli occhi, pensando che l'unico futuro che mi aspettava sarebbe stato quello di diventare un imbroglione da quattro soldi come Bacuc, e che davvero avrei dovuto cominciare a scavare sotto ogni albero di fico da lì a Gerusalemme, se solo mi era rimasto un po' di sale in zucca, visto che c'erano più probabilità di trovare il tesoro di Jeudah il Sicario che non di cavarmela altrimenti, quando sentii un fruscio alle nostre spalle.

Subito svegliai Sara

– C'è qualcuno qui intorno... – le bisbigliai in un orecchio.

Frugai a tentoni nella bisaccia e afferrai il coltello del pane.

– CHI È LÀ? – mi costrinsi a gridare.

Dal buio arrivò una risata.

Poi un'altra e un'altra ancora.

– Sono i kittim! – esclamò Sara terrorizzata.

– I KITTIM...? QUESTA È LA PRIMA VOLTA CHE QUALCUNO MI SCAMBIA PER UNO SPORCO INVASORE ROMANO... – fece un vocione grosso e roco, subito seguito da altri scoppi di risa.

Prima che io e Sara potessimo darci alla fuga, dal buio venne fuori un uomo gigantesco, coi capelli arruffati e una folta barba nera, subito seguito da altri sette od otto che come lui indossavano vecchie tuniche sbrindellate e che reggendo in mano corte spade dal metallo brunito ci circondarono.

– Chi siete? – ci domandò il gigante.

Pensai che fossero banditi, e che la nostra sorte fosse ormai segnata, quando un'altra voce squillò forte nella notte.

– SEI TU SIMON BAR JOEL DI MAGDALA?

– Che mi venga un colpo... – mormorai.

E alle spalle dell'uomo vidi improvvisamente venir fuori Jehoshua. Era pallidissimo e respirava a fatica, come se avesse fatto tutta quella strada di corsa, ma la cicatrice sulla guancia aveva smesso di sanguinare.

Si avvicinò al gigante, tendendogli i tefillin e la cintura di campanelli di bronzo che avevamo levato dal corpo del rabbi cieco, e aggiunse: – Se tu sei Simon bar Joel di Magdala, questi sono per te...

L'uomo prese gli oggetti che Jehoshua gli porgeva. Li osservò a lungo, poi domandò:

– Che ne è di rabbi Shemuel?

– È morto... – rispose Jehoshua. – Ma mi ha detto che ci avresti aiutato tu a raggiungere Gerusalemme...

Il gigante si rabbuiò e si piegò sui talloni, avvicinandosi al fuoco. Ma quando Jehoshua avanzò barcollando, si alzò con un'agilità di cui non l'avrei sospettato capace e lo afferrò per le spalle.

– Che ti succede? – gli chiese. Ordinò ai suoi uomini di riporre le spade nei foderi. Poi si girò verso me e Sara come per scusarsi: – Non avete niente da temere da noi. Noi non siamo banditi, siamo sicari...

– Io non ho paura – lo interruppe Jehoshua, con le labbra che gli tremavano. – Sono solo un po' stanco...

E così dicendo gli svenne tra le braccia.

12
Era uno degli Esseni

SIMON BAR JOEL adagiò Jehoshua sulla mia stuoia e disse ai suoi uomini di andare a prendere le bestie e la loro roba.

Quando tornarono, tirandosi dietro quattro asini e cinque grossi onagri, ordinò che gli venisse portata la sua bisaccia. Da essa estrasse un vasetto di terracotta non più grande di un grosso dattero di Giudea, e quando l'aprì un odore pungente e nauseabondo si diffuse nell'aria.

– È una vecchia ricetta dei maghi siri di Ugarit – spiegò, mettendomi la poltiglia sotto il naso. – Riuscirebbe a far rinvenire persino i morti, oltre che a curare le piaghe, la tosse canina e i dolori del parto...

Mi trassi indietro pensando che certamente Marak sarebbe fuggito a gambe levate nel deserto, prima di permettere a mio nonno di usare su di lui una medicina puzzolente come quella. Ma quando Simon bar

Joel ne stese uno strato sottile sul labbro superiore di Jehoshua, lui si levò di botto come se gli avesse infilato sotto la tunica un intero fascio di ortiche.

Tossì, tentò di respirare, poi tossì di nuovo con gli occhi che gli lacrimavano.

Il gigante si girò verso di me.

– Hai visto?! – disse. Solo in quel momento parve accorgersi che il viso di Sara, per metà nascosto sotto la sciarpa di cotone, era più nero della notte che ci circondava.

– E tu chi sei? – chiese.

Ma prima che lei potesse rispondere la bloccò sollevando una mano grande quanto la sua testa. – No – aggiunse. – Ci sono troppe cose che dovete spiegarmi. E noi non abbiamo messo niente sotto i denti da stamani... –. Lanciò uno sguardo a Jehoshua che ancora tossiva. – Anche il vostro amico, credo... –. Lo guardò meglio: – Ma chi gli ha fatto quel brutto segno sul viso? No... non ora, ho detto. Prima mangeremo, poi mi racconterete tutto.

Jehoshua e i nuovi venuti mangiarono in silenzio, mentre io e Sara restammo a osservarli. Mi era già capitato di vedere volti simili a quelli di Simon bar Joel e dei suoi amici. Erano volti cotti dal sole e invecchiati dalla fatica nei campi. Volti di braccianti senza terra abituati a piegare la schiena sulle distese di grano e orzo dei grandi proprietari. O di contadini ai quali i kittim avevano portato via i loro campi perché non avevano pagato il tributo.

A Nazaret se ne vedevano spesso, quando il vecchio Mordecai reclutava in piazza la mano d'opera necessaria per il taglio del primo orzo, o per la raccolta autunnale delle olive.

Tenevano lo sguardo chino e i loro occhi avevano la stessa espressione delle bestie da soma.

Questi uomini, però, avevano qualcosa di diverso. Qualcosa di indecifrabile che li animava e che dava ai loro sguardi un'intensità sconosciuta. Forse perché avevano abbandonato l'aratro e impugnato la sica[1].

Così avevo pensato che non c'era mai niente di immutabile, sotto il cielo di Israele. E che qualche volta anche le bestie da soma potevano ribellarsi ai lupi e alle aquile con il ruggito del leone.

– Raccontami del vecchio Shemuel, ora... – disse Simon bar Joel, quando Jehoshua gli ebbe spiegato chi eravamo e cosa mai ci facevamo lì, tre ragazzi e un grande asino dal pelo albino, ai confini di Samaria.

Jehoshua raccontò dell'incontro con il vecchio rabbi, rispondendo alle domande di tutti gli uomini, e anche di ciò che avevamo visto al villaggio.

– È un vostro villaggio? – chiese poi, accorgendosi del silenzio che era sceso intorno al fuoco.

– No – rispose Simon bar Joel. – Ma conoscevamo quei bambini e quelle donne –. Fece un gesto a indicare l'ovest. – I loro uo-

[1] La sica era un corto pugnale: da qui il nome sicari.

mini sono nascosti sulle colline. Combattono i kittim e seguono i precetti dei rabbi zeloti di Gerusalemme.

Afferrò un ramoscello e attizzò il fuoco.

– Per questo – continuò – i kittim si sono vendicati sulle loro donne e sui loro bambini. Quanto al vecchio Shemuel, lui si era rifugiato in quel villaggio solo per trovare un po' di pace. Ma non era uno zelota, e neppure un sicario come noi...

– Chi era allora? – chiesi, senza staccargli gli occhi di dosso.

Lui si rivolse a Jehoshua e sembrò misurarlo da capo a piedi.

– Mi hai detto che ha voluto parlarti da solo... – disse.

– Sì.

– Quindi ti avrà spiegato chi era...

– Gli ha detto di essere un rabbi – intervenni.

Simon bar Joel si girò verso di me e scosse la testa: – Non era un semplice rabbi – mormorò. – Era un sacerdote degli Esseni. Prima di ritirarsi in quel piccolo villaggio aveva l'incarico di custodire le pergamene della confraternita. E anche le ultime volontà del Maestro di Giustizia...

C'era stato un solo uomo a Nazaret che avesse conosciuto gli Esseni, e quell'uomo era rabbi Eliezer. Secondo lui nessuno era più devoto degli uomini che vivevano a

Qumran, nel deserto di Giuda, a due passi dalla sponda occidentale del Mar della Solitudine.

– Sono tzaddikim che pregano e vivono in povertà – ci aveva spiegato. – Il loro maestro si chiamava Jose ben Joeser, ma tutti lo conoscevano come il Maestro di Giustizia...

– Anche gli Esseni combattono contro i kittim, come gli zeloti e i sicari...? – gli aveva domandato Bebai. Poi si era grattato la testa e aveva aggiunto: – Ci sono più sette e confraternite in Israele, che susine sugli alberi del vecchio Mordecai...

Rabbi Eliezer allora aveva tirato fuori dalla sua borsa una grossa moneta d'argento e ci aveva mostrato l'iscrizione in latino.

– *Divi filius Augustus*... – aveva letto Ezra. – Cosa vuol dire?

– Vuol dire "Augusto figlio del Divino" – aveva spiegato il rabbi. – Perché lo stesso Augusto crede di essere un dio...

Si era lisciato la piccola barba incolta che gli incorniciava il viso e aveva aggiunto: – Così vedete che non ha nessuna importanza quante sette e confraternite ci siano in Israele. Perché nessuno, salvo chi ha piegato il capo ai voleri di Roma come ieri fece Erode e come oggi fanno i suoi figli, accetterà mai di sottomettersi a un dio pagano...

– Sì, va bene – aveva insistito Bebai. – Ma gli Esseni combattono o no?

– No – aveva risposto rabbi Eliezer. – Gli Esseni non combattono.

– Cosa fanno allora? – aveva chiesto Jehoshua.

Rabbi Eliezer l'aveva guardato e poi aveva riposto nella sua borsa la moneta d'argento.

– Gli Esseni – ci aveva detto sottovoce, come se una spia dei kittim potesse udirlo – pregano nel deserto. E da qualche parte, ma nessuno sa dove, custodiscono il testamento del Maestro di Giustizia.

Jehoshua aprì la bisaccia e tirò fuori un piccolo scrigno interamente foderato di pelle di vitello.

– Rabbi Shemuel mi ha chiesto di prendere questo, dalla sinagoga del villaggio – disse, porgendolo a Simon bar Joel. – L'aveva nascosto sotto le canne del tetto. Mi ha pregato di consegnarlo nelle mani di un uomo chiamato Aristobulo, che vive nei pressi di Gerusalemme...

Per un po' l'uomo soppesò lo scrigno.

– Ti ha chiesto di non aprirlo?

– Sì – disse Jehoshua.

– Allora non lo apriremo. Ma domani invierò i miei uomini al villaggio dove l'hai preso. Si occuperanno loro di lavare e seppellire i morti. Io invece vi guiderò a Gerusalemme, per una strada che vi tenga al riparo da chi forse è già sulle vostre tracce...

Improvvisamente mi diede una gran manata sulle spalle.

– Così parteciperete alla corsa delle Venti miglia! – esclamò, allungando la mano sull'unico orcio di vino ancora pieno.

– A dire la verità correrò solo io... – mormorai. – E non ho nessuna speranza di vincere – aggiunsi, guardando di sottecchi Jehoshua, sperando che lui capisse il sottinteso.

– Solo tu. E perché?

– Perché io non corro per denaro – fu la risposta di Jehoshua.

E mentre Simon bar Joel lo guardava sbalordito, raccolse la sua stuoia e si ritirò a dormire pochi metri più in là.

Seconda Parte

13
Ogni tuo desiderio è un ordine...

L'INDOMANI MATTINA Simon bar Joel spiegò ai suoi uomini che avrebbero dovuto rinunciare a due dei loro onagri, quelli meno robusti, perché sarebbero serviti a noi ragazzi per raggiungere Gerusalemme.

Intorno ai resti del fuoco, che aveva appena soffocato gettandovi sopra una manciata di terra, diede loro le ultime istruzioni.

– Cinque di voi si occuperanno di seppellire quei poveretti – ordinò. – Gli altri si metteranno alla ricerca degli uomini del villaggio.

Estrasse la sica dalla cintola e tracciò sul terreno una specie di mappa.

– È possibile che si siano uniti al gruppo di Menhaem di Giscala... In questo caso li troverete da queste parti, a ovest di Bet-Sean. Dite loro ciò che è successo... Poi riprendete la strada delle colline...

Con il pugnale indicò un punto sulla parte opposta della mappa. – Io accompagnerò i ragazzi a Gerusalemme, poi vi aspetterò qui, alla confluenza del Giordano con il Mar della Solitudine.

Gli uomini gli si avvicinarono e lo salutarono, uno per uno. Poi presero la loro roba e i loro animali e si allontanarono verso nord.

– Shalom... – mormorò tra sé e sé il gigante. – La strada vi sia amica.

Dopo di che si avvicinò a Sara. La prese saldamente per la vita e la adagiò in groppa a Josafat.

– Stai comoda? – le chiese. – Purtroppo il nostro cammino sarà lungo e accidentato, e a questo non c'è rimedio. Ma quando avrai bisogno di fermarti, dillo. Perché ogni tuo desiderio è un ordine...

Sara lo guardò come io avrei potuto guardare il tesoro di Jeudah il Sicario, se mai avessi avuto la fortuna di spalancargli gli occhi davanti. Si assicurò la lunga sciarpa sulla testa e poi allungò la mano verso la sua guancia.

– Grazie – mormorò, abbassando gli occhi a terra.

Che Simon bar Joel avesse un debole per Sara l'avevo capito non appena avevo aperto gli occhi, quando il primo sole si era affacciato a mezzo tondo sui profili morbidi e sinuosi delle colline.

Invece di chiederle di darsi da fare, per

cucinare qualcosa di caldo da mettere sotto i denti prima di partire, le aveva imposto di rimanere seduta sulla sua stuoia e aveva svuotato un orcio di latte in una pentola di terracotta annerita e scheggiata sui bordi. L'aveva messa a riscaldare sul fuoco, poi aveva versato il latte nelle ciotole, riempiendo più di tutte quella di Sara e versandoci dentro mezzo vasetto di miele d'acacia e qualche foglia di menta.

– Questo ti darà vigore per tutta la giornata – le aveva spiegato. Si era rivolto ai suoi uomini: – Conosce le Scritture, sapete... E come noi non ha più né casa, né terra.

Aveva chiesto a Sara di dirgli della sua famiglia e della sua gente. E quando lei aveva raccontato ciò che io e Jehoshua avevamo già sentito tante volte, la notte di ferro e fuoco in cui i cacciatori di schiavi arabi avevano preso d'assalto il suo villaggio, i tratti del suo viso erano diventati di pietra.

– Tuo padre e tua madre? – le aveva chiesto ancora.

– Sono morti entrambi nel rogo della nostra capanna – aveva aggiunto Sara. – Le mie sorelle e i miei fratelli invece sono stati venduti ai mercati di Kom Ombo e Asyut, prima che io venissi condotta in Israele.

Lo sguardo del gigante si era perso nella densa foschia che ancora ci circondava.

– Vedrai, verranno altri tempi... – aveva detto con voce roca. – Per te e per noi, qui in Israele. Forse allora ognuno di noi avrà di nuovo una casa dove vivere. E anche una terra da coltivare. E nessuno sarà mai più schiavo di un suo simile, né suo servo...

Jehoshua era rimasto in silenzio ad ascoltare le sue parole.

Ma nella luce del primo mattino avevo visto i suoi occhi ardere come le braci nel fuoco.

Proseguimmo per un bel pezzo sulla strada che avevamo imboccato il giorno prima, sino a quando non l'abbandonammo per piegare a sud-est. Ci inerpicammo lentamente su uno scosceso pendio e a metà mattina ci ritrovammo in cima a un brullo altopiano.

Tutto ciò che ci circondava, polvere e sassi, sembrava messo lì apposta per ricordarci che forse avremmo fatto meglio a non intraprendere il viaggio.

E il sole che quella mattina picchiava forte, senza che neanche un alito di vento spirasse a darci sollievo, fece sì che dopo poche miglia le nostre tuniche si inzuppassero di sudore e gli animali rallentassero il passo.

Simon bar Joel non smise mai di incoraggiarci. Né di tempestarci di domande, come se volesse conoscere della nostra vita a Nazaret più di quanto conoscesse del fondo delle sue tasche.

Andò di nuovo su tutte le furie quando Sara gli disse che il vecchio Mordecai l'aveva costretta alla guardia delle sue bestie immonde. Volle sapere quali scritture rabbi Eliezer scegliesse per noi ragazzi durante le lezioni del pomeriggio. Si informò sul numero dei kittim che componevano il posto di guardia di Nazaret, ma soprattutto volle sapere tutto di Jehoshua. Di suo padre e di sua madre. Dei giochi che preferiva. Del cibo che più gli piaceva e persino delle preghiere che recitava all'alba e al tramonto, durante il riposo del Sabato e per tutte le feste comandate.

Ben presto io e Sara, mentre il nostro amico si sforzava di rispondere con la solita voce calma e piana, ci accorgemmo che quella del gigante non era solo curiosità. E che con tutte quelle domande stava cercando di prendere le misure di Jehoshua. Di capire per quale strano motivo il rabbi cieco degli Esseni gli avesse affidato il suo scrigno.

– Che cosa conterrà? – mi aveva chiesto Sara, sul fare del pomeriggio. – E comunque è proprio inutile che Simon bar Joel faccia tutte quelle domande a Jehoshua. Perché lui gli farà capire di sé solo quello che vorrà, e niente di più...

Io avevo pensato che erano ben altre le domande che mi tormentavano, da quando il gigante era apparso vicino al nostro fuoco.

– Secondo te è possibile che Simon bar Joel abbia conosciuto Jeudah? – le domandai sottovoce. – Perché se l'ha conosciuto, visto che anche lui è un sicario, è possibile che sappia qualcosa del tesoro...

– Ancora quel tesoro! – sbuffò Sara. – Ma se persino le pietre di questo altopiano sanno che è solo una leggenda!

Io allora ero diventato rosso come una delle barbabietole che mio nonno metteva a seccare sul tetto della sua casa a Nazaret. Ma mi ero ripromesso di scambiare due chiacchiere con il nostro nuovo amico, alla prima occasione.

Verso sera il terreno si fece tanto accidentato che dovemmo smontare dagli animali e tirarceli dietro. Proseguimmo così per un altro pezzo, sino a quando i muscoli delle gambe mi diventarono duri e pesanti più del legno di sassofrasso.

– Manca ancora molto? – domandò Sara al gigante.

– Coraggio, principessa... – la incoraggiò Simon bar Joel. Alzò il braccio a indicare l'imboccatura di un canalone che sembrava scendere nelle viscere della terra. – Ancora un piccolo sforzo e potremo riposare.

Ci infilammo nel canalone e proseguimmo all'ombra delle pareti a picco per almeno altre due o tre miglia, sino ad arrivare di fronte a una stretta fenditura che si apriva nella roccia.

Qui la nostra guida ci permise di fare una breve sosta e Jehoshua mi chiese di passargli un po' d'acqua.

– Mi dispiace – mormorai. – Anche il mio orcio è vuoto...

– Non preoccupatevi – intervenne Simon bar Joel. – Tra poco potrete bere quanto vorrete –. Si avvicinò a Jehoshua e gli prese il viso tra le mani. – Faremo qualcosa anche per la tua ferita, prima che si infetti...

– Non mi fa tanto male – mormorò Jehoshua, piegandosi sui talloni. Poi sollevò lo sguardo e aggiunse: – E comunque è ben poca cosa, rispetto a trentanove colpi di *flagrum*...[1].

Il gigante strabuzzò gli occhi e involontariamente una mano gli corse sulle spalle.

– Come fai a saperlo? – chiese stupito.

– È per questo – continuò Jehoshua – che ci accompagnerai sino alle porte di Gerusalemme, ma non entrerai con noi in città, vero?

Il gigante assentì con il capo.

– Così forse ora – aggiunse il mio amico – è venuto il momento che sia tu a raccontarci qualcosa della tua vita...

[1] Il flagrum era la terribile frusta a più code, alle quali venivano legati pezzi d'osso acuminati e schegge di metallo, che veniva usata dai carnefici romani.

Fu così che Simon bar Joel di Magdala riuscì finalmente a prendere le misure di Jehoshua. Ma per quanto anche per lui fossero misure troppo grandi, improvvisamente parve soddisfatto di averle conosciute.

– Va bene – sospirò. – Stanotte soddisferò la vostra curiosità... –. Si girò verso di me, mi affidò la fune legata al morso del suo onagro. – Ma ora seguitemi – aggiunse.

E si infilò nella fenditura che si apriva nella roccia.

14
Puoi dirla tutta, se vuoi...

La prima cosa che mi sembrò di scorgere, mentre ancora avanzavo alle spalle dei miei amici, fu una macchia verde che si rifletteva sulla superficie azzurrognola di una pozza d'acqua.

– Ecco... Ora potrete bere – esclamò Simon bar Joel, indicandoci l'oasi che si offriva ai nostri sguardi, incastonata tra le alte pareti di roccia calcarea. – Pochi conoscono questo rifugio, perché non è segnato sulle mappe. E in quanto ai kittim, potete star certi che non ne sospettano nemmeno l'esistenza...

Sulla destra, in alto, un fiotto d'acqua si era aperto un varco nella roccia e veniva giù in una piccola cascata tintinnante. Più in basso, a poche decine di metri da noi, i ginepri e gli oleandri incorniciavano una pozza d'acqua non più ampia del cortile di una casa, mentre quasi adagiato sulla parete a sinistra un alto tasso dai lunghi rami frondosi ospitava una colonia di allodole dalle piume rosse, che a sentire le nostre voci si levarono subito in volo.

Gli onagri e Josafat presero a scalpitare con le zampe anteriori.

– Lasciateli andare – ci ordinò Simon bar Joel. – E correte a bagnarvi anche voi, prima che faccia completamente buio. Intanto io preparerò il campo.

Sentii tornarmi le forze e cercai gli occhi di Jehoshua.

– A chi arriva primo? – lo incitai.

Ma lui sollevò le spalle e mi ignorò, incamminandosi lentamente verso la pozza d'acqua, con quell'espressione assorta che non l'aveva abbandonato per tutta la giornata. Mi girai verso Sara.

– Che gli prende? – domandai.

– Lascia perdere – mi rispose lei. – Non ti sei accorto che Jehoshua è preoccupato? I suoi pensieri corrono a cavalcioni delle nuvole, da quando il rabbi cieco gli ha confidato i suoi segreti...

Mi avviai mestamente verso il basso, e pensai che comunque, Jehoshua o non Jehoshua (lui, le sue preoccupazioni e i suoi accidenti di pensieri!) un bel tuffo nell'acqua non me l'avrebbe impedito nessuno.

– Siete mai stati a Magdala? – ci chiese Simon bar Joel, quando ci riunimmo intorno al fuoco. Feci finta di non sentire e continuai a massaggiarmi i muscoli delle gambe, che dopo il bagno si erano di nuovo induriti.

– Che cosa ci hai preparato di buono? – gli domandai, cercando di sviare il discorso.

– Solo una zuppa di latte con lenticchie e ceci – spiegò il gigante, girando il mestolo nella pentola che fumava sul fuoco.

– Allora? Nessuno di voi è mai stato a Magdala? È lì che sono nati mio padre e mia madre...

Sara e Jehoshua girarono gli occhi nella mia direzione e non potei più negare.

– Io sì – mormorai. – Ma è stato un sacco di tempo fa... E a dire la verità non ricordo bene se fosse proprio Magdala o un altro villaggio a nord-ovest del Genesaret...

Per la prima volta da quella mattina, vidi qualcosa che assomigliava a un sorriso tornare sulle labbra di Jehoshua.

– Coraggio... – esclamò. – Puoi dirla tutta, se vuoi...

Il gigante levò la pentola dal fuoco, mi guardò incuriosito.

– È stata tutta colpa di Mattatia, il vecchio servo di mio nonno Bacuc – mormorai. – Perché se non si fosse ostinato a provare quell'unguento...

– Quale unguento?

– L'unguento per diventare invisibili... Fu

così che al Giro del Cane[1] successe il finimondo e mi ritrovai a bagno tra le dannatissime ranocchie...

Lanciai un'occhiataccia a Jehoshua: – Accidenti! – protestai. – Ma non doveva essere Simon bar Joel a raccontarci la sua storia?

Il gigante però mi fece cenno di andare avanti.

– Credo che in fondo la tua si rivelerà molto più divertente della mia...

E mettendosi a sedere rise talmente forte che l'eco della sua risata rimbombò sulle pareti di roccia.

Si erano messe a ridere anche le giovani donne che eseguivano il Giro del Cane sulla piazza di Magdala, la volta che Mattatia si era presentato in mezzo a loro senza neanche un panno di lana stretto intorno ai fianchi.

Mio nonno diceva che Mattatia, un mendicante nabateo convertitosi alla Legge che sino a qualche mese prima viveva chiedendo l'elemosina nei villaggi della Samaria, era il servo più stolto che gli fosse capitato di assumere. Probabilmente aveva ragione.

[1] Il "Giro del Cane" veniva compiuto nelle piazze dei villaggi dalle ragazze che intendevano trovare marito, cioè tutte quelle dai tredici anni in su. Camminavano una dietro l'altra, girando in tondo nella piazza, in modo che i ragazzi potessero corteggiarle.

Perché Mattatia era talmente stolto da venerare Bacuc come se lui fosse un vero tzaddik. E talmente da credere che gli intrugli che mio nonno vendeva ai contadini e ai braccianti, per tenere lontana la malasorte e preservarli da ogni disgrazia, funzionassero davvero.

Così la volta che Bacuc ci lasciò per qualche giorno da soli a Magdala, perché doveva discutere di certi affari con un commerciante della zona, Mattatia si mise in testa di sperimentare l'unguento che mio nonno di solito rifilava ai poveracci chiamati a combattere contro le bande arabe nell'esercito di Erode Antipa.

«Bacuc dice che questo unguento protegge dal ferro dei nemici» aveva affermato, ungendosi il petto incavato e le gambe ossute con l'intruglio che odorava di aloe e rosmarino selvatico. «E che spalmandoselo addosso e recitando tre volte le formule magiche e i Salmi di Geremia, senza dimenticarsi neppure una parola, si diventa invisibili come gli spiriti dei padri a guardia dei sepolcri.»

Io l'avevo supplicato di lasciar perdere. Ma non c'era stato niente da fare.

Così, quando lui si era inginocchiato per recitare le formule magiche e i Salmi, e poi si era diretto verso la piazza dove si stava svolgendo il Giro del Cane, per osservare senza essere visto le giovani più belle del villaggio, io mi ero preparato al peggio.

Purtroppo non mi ero sbagliato. Perché se le donne, vedendolo arrivare nudo come un verme, erano scoppiate a ridere dietro i veli, gli uomini avevano raccolto pietre e bastoni e gliele avevano suonate di santa ragione. Poi avevano acciuffato anche me.

«Io non c'entro. Non lo conosco» avevo protestato, supplicandoli di lasciarmi andare.

«Sì, ma noi conosciamo te e tuo nonno!» aveva risposto il rabbi del villaggio, che era molto giovane ma anche grande e grosso come una quercia del monte Ermon. Mi aveva sollevato di peso e mi aveva messo a bagno nella grande pozza dove si abbeveravano le pecore, tenendomi la testa sotto l'acqua fin quando non si era convinto che mi fossi purificato abbastanza dai miei peccati.

In quanto a Mattatia, quando lasciammo il villaggio, per qualche tempo mi venne dietro acciaccato dalla testa ai piedi, inveendo contro la malasorte e domandandosi come mai l'unguento di Bacuc non avesse funzionato come avrebbe dovuto. Poi, quando riuscì a convincersi di non essere stato lui a dimenticare qualche formula magica o qualche parola dei Salmi di Geremia, si licenziò maledicendo me, l'intero Israele, mio nonno Bacuc e anche i suoi dannatissimi intrugli.

Quando terminai di raccontare la mia storia, Sara poggiò per terra la sua ciotola e nascose il viso tra le pieghe della sciarpa. Simon bar Joel invece continuò a ridere apertamente, sino a quando Jehoshua non si lasciò sfuggire un lamento.

– Scusami – gli disse il gigante. – Avevo detto che avrei fatto qualcosa per te –. Tirò fuori dalla bisaccia un vasetto simile a quello della medicina puzzolente che aveva usato per farlo rinvenire. – Non temere – lo rassicurò. – Questa è solo una pomata cicatrizzante...

Gliela spalmò sulla ferita e poi tornò a sedersi vicino al fuoco.

– Il giovane rabbi che ti ha gettato nell'abbeveratoio... – mi disse. – Io non l'ho mai conosciuto. Quando ancora vivevo al villaggio il rabbi era un uomo molto anziano. Ma ormai è passato tanto tempo. E sarà morto anche lui...

Si girò verso Jehoshua.

– Quanti anni hai?

– Dodici – rispose Jehoshua. – Ne compirò tredici tra due mesi. Joachim invece li compirà prima di me, tra qualche settimana...

Il gigante si fece pensieroso.

– Quando io compii tredici anni il rabbi mi accolse in sinagoga per il mio Bar Mitzvah. E facemmo una grande festa. Ma il giorno dopo i kittim sfondarono la porta della nostra casa, perché mio padre in quella stagione non aveva potuto pagare il tributo. Così gli confiscarono tutto, quelle quattro mura e la poca terra che possedeva... –. Sollevò un ramoscello dal fuoco e soffiò sul tizzone ardente, sollevando una nuvola di scintille.

– Qualche mese più tardi lasciammo mia madre a casa di una sua cugina e partimmo a cercare lavoro nelle cave di pietra della Giudea. Avevo diciassette anni quando lui morì. A venti conobbi i rabbi zeloti di Gerusalemme. A ventitré seguii Jeudah nella piana di Esdrelon e poi sulle colline della Galilea, sino a quando i kittim lo catturarono e l'uccisero...

Il cuore mi saltò in gola.

– Davvero hai conosciuto Jeudah? – chiesi.

– Sì... Ero con lui, quando i kittim sorpresero la vecchia banda sulle rive del Mar della Solitudine. Tutti i nostri compagni morirono. Io e Jeudah invece fummo portati a Gerusalemme in catene. Qui lui venne inchiodato su un palo di fronte alla sorgente di Ghicon. A me invece i kittim inflissero trentanove colpi di flagrum e poi mi lasciarono libero, in modo che potessi testimoniare della sua fine atroce... Quello stesso giorno giurai che non avrei mai più messo piede nella Città Santa...

Non riuscii più a trattenermi.

– Se tu sei stato con Jeudah... – esclamai – allora saprai qualcosa del tesoro!

– Joachim! – protestò Sara.

Ma io non le diedi retta e senza rendermene conto allungai una mano sulla tunica del gigante.

– Ti prego, dimmi solo una cosa... – continuai. – Quel tesoro esiste davvero? E davvero Jeudah riuscì a nasconderlo, prima di essere catturato dai kittim?

Simon bar Joel afferrò la mia mano, delicatamente la allontanò da sé.

– Veramente vuoi sapere del tesoro? – mi domandò con un sorriso triste. – Eppure dicono tutti che è solo una leggenda...

– Mio nonno Bacuc dice che non è affatto una leggenda.

– Tuo nonno ha ragione. Perché quel tesoro...

– Sì...?

– Quel tesoro esiste davvero...

Guardai Sara e Jehoshua: – Lo sapevo! – esclamai trionfante.

– ...ma neppure io – aggiunse però il gigante – conosco il luogo dove Jeudah l'ha sepolto.

Prima che il fuoco si spegnesse, Jehoshua chiese a Simon bar Joel in quanti giorni avremmo raggiunto Gerusalemme.

– Se non incontreremo ostacoli lungo la strada – rispose la nostra guida – raggiungeremo la città in poco meno di tre giorni –. Si girò verso di me: – Così dovresti avere ancora un po' di tempo a disposizione, per riposarti dalle fatiche del viaggio, prima della gara delle Venti miglia.

Tesi le mani verso il fuoco e non dissi nulla. Le gambe mi facevano male, le ossa mi facevano male e mi sentivo il ragazzo più sfortunato dell'universo. Perché sapevo benissimo come sarebbe andata a finire quella gara. E in quanto al tesoro di Jeudah il Sicario, se neanche Simon bar Joel ne conosceva il nascondiglio, allora voleva dire che nessuno al mondo l'avrebbe potuto ritrovare. Sara si accorse della mia desolazione.

– Coraggio – disse. – Anche se la gara sarà dura, tu dovrai fare del tuo meglio per vincerla... È questo che mi aspetto da te.

– È anche quello che ci aspettiamo io e il tuo amico Jehoshua... – assentì Simon bar Joel.

Raccolsi un sassolino da terra e lo gettai sul fuoco.

– Non vincerò mai quella gara – dissi. – E non ho nessun amico, io...

Sara mi guardò stupita. Ma io alzai la mano per impedirle di parlare.

– Lo so, lo so cosa vuoi dire... – mormorai, girando gli occhi verso Jehoshua. – Lui non corre per denaro.

E così dicendo raccolsi la mia stuoia e me ne andai a dormire sotto il tasso.

15
Come si chiama questo posto?

INVECE DI IMPIEGARE meno di tre giorni per raggiungere Gerusalemme, ne impiegammo più di cinque solo per arrivare alle porte di Gerico.

Tutto cominciò ad andar male la mattina in cui lasciammo l'oasi nascosta, quando Josafat, infilando la zampa in una buca, venne morso da una vipera. S'imbizzarrì, e dopo aver disarcionato Sara fuggì senza accorgersi che qualche decina di metri più in là si apriva un profondo crepaccio. Simon bar Joel fece di tutto per fermarlo. Ma lui scartò di lato e precipitò nel vuoto trascinandosi dietro tutte le nostre provviste.

– Non ha sofferto, se è questo che vi preoccupa... – cercò di consolarci il gigante, mentre sull'orlo del crepaccio non riuscivamo a staccare gli occhi dalla macchia bianca riversa sulle rocce appuntite e venate di rosso. – E per quanto riguarda le vostre provviste –

aggiunse – farò in modo di procurarvene altre, quando raggiungeremo il villaggio di Betel, dove ho ancora qualche amico.

Sara montò sul mio onagro e lentamente riprendemmo il cammino, superando in alcuni giorni una lunga teoria di basse colline, l'una del tutto simile all'altra.

Ma i nostri guai non erano ancora finiti. Perché quando giungemmo in vista di Betel, ci accorgemmo che i kittim avevano

messo un posto di guardia a ogni entrata del villaggio.

– Non possiamo rischiare – aveva detto il gigante. – Qualcuno potrebbe riconoscermi...

Così decidemmo di piegare a est in direzione di Gerico e per la prima volta mi domandai se avevamo fatto bene a fidarci di Simon bar Joel. Perché se avessimo proseguito lungo la strada maestra, invece di avventurarci per i sentieri impervi conosciuti solo dai ribelli, a quell'ora saremmo stati già in vista delle Mura di Gerusalemme.

Sara invece sembrava non nutrire dubbi.

Affrontò le nuove fatiche di quell'interminabile viaggio senza mai lamentarsi.

E il giorno che arrivammo in vista di Gerico mi prese da parte e mi sussurrò: – Non ti sembra che sia venuto il momento di fare la pace con Jehoshua?

– Credi davvero che gli interessi? – risposi, alzando le spalle. – Non ti sei accorta che non fa che pensare a quello scrigno?

Jehoshua, che era troppo distante da noi per sentire le mie parole, proprio in quel momento si girò e mi fissò negli occhi. Ma io distolsi lo sguardo e finsi di non accorgermi della tristezza dipinta sul suo viso.

Non avevo più rivolto la parola a Jehoshua da quando avevamo lasciato l'oasi. E lui aveva fatto altrettanto con me. Quando al mattino montava sul suo onagro lo lasciavo andare avanti, tenendo il mio a una buona distanza, e quando scendeva il buio e ci riunivamo intorno al fuoco, fingevo di ignorarne la presenza.

Solo due volte lui aveva fatto cenno di avvicinarsi. La prima quando Josafat era precipitato nel crepaccio. La seconda quando Simon bar Joel mi aveva chiesto di mia madre, la notte prima che giungessimo in vista di Betel, e avevo dovuto confessare di non sapere niente di lei.

Chissà come, mentre Simon bar Joel distoglieva imbarazzato il suo sguardo dal mio viso, qualcosa aveva preso a pizzicarmi in gola e gli occhi mi si erano inumiditi.

– Questo accidenti di fuoco fa troppo fumo... – avevo borbottato. E quando Jehoshua mi era venuto vicino e aveva tentato di poggiarmi la mano sulla spalla, mi ero sollevato di scatto dicendo che avevo sonno e che andavo a dormire.

L'indomani mattina, quando mi ero svegliato, avevo visto che Jehoshua dormiva ancora. E come sempre stringeva tra le braccia il suo scrigno.

– Non lo molla un attimo – avevo detto a Simon bar Joel.

– Sembra quasi che il segreto di quello scrigno – aveva ribattuto lui – gli sia entrato nel sangue insieme alle ultime parole di rabbi Shemuel...–. Aveva aggrottato la fronte: – Ma tu stai sbagliando a non stargli vicino, Joachim. Perché ho paura che la gara che il tuo amico ha cominciato a correre sia molto più dura di quella che aspetta te tra qualche giorno...

– Cosa vuoi dire?

Ma Simon bar Joel a questo non rispose. Sollevò le spalle, invece, e riprese a sistemare le bisacce sul suo onagro.

Cosa volesse dire Simon bar Joel lo compresi solo quando arrivammo in vista di Gerusalemme, sul finire di un nuovo Sabato senza riposo e con poche preghiere. Nell'ultima giornata di cammino ci eravamo lasciati alle spalle Gerico, e poi anche il piccolo villaggio di Betania, che avevamo aggirato inerpicandoci lungo un sentiero che ci aveva portato sino alla cima del Monte degli Ulivi.

– Ecco – ci aveva detto il gigante – quella che vedete sotto di voi è la valle del Cedron. E quelle che invece si alzano più in là sono le Mura di Gerusalemme.

Scendemmo a piedi lungo il pendio e quando raggiungemmo il fondo valle Simon bar Joel scelse un buon posto dove fare il campo.

Più tardi ci comunicò che quella sarebbe stata l'ultima notte che avremmo trascorso insieme.

– Domattina voi entrerete in città attraverso la Porta delle Pecore – disse. – Io invece mi avvierò verso il Mar della Solitudine, dove attenderò i miei compagni.

Solo in quel momento ci accorgemmo che Jehoshua, in ginocchio a pochi passi da un cespuglio di more, era scosso da violenti brividi. Provai ad avvicinarmi, ma lui mi respinse bruscamente, tendendo contro di me la mano.

– Come si chiama questo posto? – domandò a Simon bar Joel, sollevando un pugno di terra nera e grassa.

– Si chiama Getsemani – rispose il gigante.

– Getsemani...! – ripeté Jehoshua, con le labbra tremanti e gli occhi spalancati. – Lui ha detto che sarà qui che un giorno...

– Lui chi? – chiese Simon bar Joel.

Jehoshua aprì la bocca come per parlare, ma subito la richiuse e cominciò a dondolare la testa avanti e indietro, piangendo di un pianto sommesso e muto.

Il gigante allora lo prese tra le braccia e lo portò vicino al fuoco. Qui anche Sara gli si fece vicina e lo abbracciò a lungo, tenendolo stretto a sé, sino a quando lui sospirò forte e chiudendo gli occhi si addormentò.

– Non l'avevo mai visto piangere – dissi più tardi a Sara.

– Cosa credi che intendesse dire? – domandò lei.

Mi guardai intorno e l'oscurità che ormai ci avvolgeva mi sembrò carica di foschi presagi.

– Non lo so... – dissi.

Ma dentro di me maledissi il mio egoismo e giurai che avrei affrontato la mia corsa senza più lamentarmi, visto che non potevo accompagnare il mio amico nella sua.

Vegliammo Jehoshua per tutta la notte, attizzando ogni tanto il fuoco e parlando sottovoce per non svegliarlo. Simon bar Joel decise di partire molto prima dell'alba, senza attendere il risveglio del nostro amico. Ma prima ci dette tutte le informazioni che potevano servirci per ritrovarlo, se avessimo avuto ancora bisogno di lui.

– Sulla costa nord-occidentale del Mar della Solitudine, ai margini del deserto di

Giuda – ci spiegò – si erge il monastero di Qumran, dove vivono gli Esseni. Quando i miei compagni mi avranno raggiunto, ci recheremo presso di loro, per informarli della morte di rabbi Shemuel e per chiedere ospitalità sino al prossimo Sabato, quando ripartiremo per i monti della Galilea...

Ci mise sull'avviso sui pericoli di Gerusalemme.

– Tenetevi lontani dai kittim. E non fate accenno con nessuno dello scrigno che rabbi Shemuel ha consegnato al vostro amico.

– Ma come faremo a trovare questo Aristobulo? – domandò Sara.

– Nella città vecchia, a qualche centinaio di passi dalla fortezza Antonia, c'è la taverna di un oste greco chiamato Areta. È un imbroglione capace di spacciare il peggior vino della Giudea per il nettare ambrato delle vigne dell'etnarca. Ma è anche un ottimo cuoco e un buon patriota. È lui che ci tiene informati di ciò che succede a Gerusalemme. Se perciò gli farete il mio nome, vi darà tutte le informazioni di cui avrete bisogno...

Detto questo, Simon bar Joel salì sul suo onagro e si chinò a baciare Sara sulla fronte.

– Bada a te, principessa! – esclamò.

Mentre io già allungavo la mia mano verso la sua, per salutarlo e ringraziarlo di tutto l'aiuto che ci aveva dato, Jehoshua si rivoltò più volte sul suo giaciglio e cominciò a parlare ad alta voce.

– Marak... sei proprio tu Marak? – disse.

– Sta vaneggiando... – mormorai. – Crede di parlare con il servo di mio nonno...

Simon bar Joel osservò per un attimo Jehoshua e poi mi strizzò l'occhio.

– Sei proprio sicuro – mi domandò – che stia solo vaneggiando?

Senza aggiungere altro, spronò il suo animale e scomparve nella notte.

16

Siamo rimasti soli

UN'ORA DOPO IL SORGERE del sole io, Sara e Jehoshua attraversammo finalmente la Porta delle Pecore, che si apriva sulle Mura a nord della città. Avanzammo tirandoci dietro gli onagri che Simon bar Joel non aveva avuto il cuore di portarci via, e subito venimmo inghiottiti dalla folla vociante e colorata che gremiva il cortile del Tempio.

Trattenni il respiro e presi sottobraccio Jehoshua, che aveva ancora il viso pallido e le labbra smunte.

– Scommetto che neanche Joachim a Giaffa – si stupì Sara – ha mai visto niente di simile.

Il grande piazzale, circondato da un doppio porticato, brulicava di kittim dai mantelli color porpora e mercenari inguainati nelle strette giubbe di cuoio bruno; di mercanti arabi dalle vesti variopinte e donne pie che nascondevano il viso dietro il velo; di pastori dai copricapi in pelle di montone, schiavi etiopi dalla pelle scura e mendicanti siri dalle tuniche a brandelli. E ancora, di scribi seduti a gambe incrociate davanti ai loro calamai, cambiavalute che allineavano in pile ben ordinate le proprie monete[1] e una moltitudine di contadini che trasportavano le proprie merci in ampie gerle.

Al centro della spianata, dove più la gente si accalcava, vedemmo il recinto interno, che proteggeva il cortile riservato agli uomini e quello riservato alle donne, e anche il Luogo Santo e il Luogo Santissimo, dove solo il Sommo Sacerdote poteva entrare. L'aria, essendo appena trascorsa l'ora della preghiera del mattino, profumava ancora di incenso, e una piccola processione di uomini dalle lunghe tuniche prese a muoversi in direzione di una delle Porte che sul lato occidentale si aprivano sulla città vecchia.

Avevano lunghe barbe e il capo ornato da sottili riccioli intrecciati che ricadevano sulle tempie. Al loro passaggio la calca si fece indietro e persino i mercenari dell'etnarca si scostarono intimoriti, mentre gli uomini e le donne si portarono le mani sul petto.

---

[1] Le tasse che gli abitanti di Gerusalemme versavano per il mantenimento del Tempio potevano essere pagate solo con monete antiche. Perciò le monete greche e romane venivano cambiate nel cortile del Tempio dai cambiavalute.

Solo allora udimmo nitidamente il tintinnare dei campanellini di bronzo coi quali ciascuno di essi aveva cinta la vita.

– Chi sono? – mi domandò Sara, mentre alcuni kittim, a pochi passi da noi, seguivano con sguardi carichi di odio i passi degli uomini barbuti.

– Sono i rabbi zeloti – intervenne un uomo che subito poggiò per terra una grossa gerla carica di cedri. – Vengono dalla città bassa a ogni alba e a ogni tramonto. Recitano per il popolo lo Shemà Israel del mattino e quello delle prime stelle, ma si rifiutano di entrare nel Tempio.

– Perché? – chiesi.

– Perché sino a quando il Sommo Sacerdote sarà quello imposto all'etnarca Archelao dai suoi padroni romani... – cominciò l'uomo.

Ma subito si arrestò e ci osservò più attentamente: – Chi siete? – ci interrogò. – E da dove venite?

– Siamo appena arrivati dalla Galilea – si fece avanti Jehoshua. – Il mio amico deve partecipare alla corsa delle Venti miglia.

– Ancora non sappiamo dove passare la notte – intervenni. – Però qualcuno ci ha fatto il nome dell'oste greco Areta. Sai dirci dov'è la sua taverna?

L'uomo per un attimo ci guardò perplesso, poi ci fece cenno di seguirlo.

– Se proprio avete intenzione di riposare

in quella stamberga vi ci accompagnerò – disse, incamminandosi verso la Porta attraverso la quale erano scomparsi i rabbi zeloti. – Però non è certo il posto più indicato per dei ragazzi come voi. Perché tutti dicono che è un covo di pezzenti e mendicanti, di truffatori, di ladri e di banditi.

Jehoshua sollevò le spalle e volse lo sguardo sugli imponenti bastioni della fortezza Antonia, che si ergevano minacciosi a ridosso delle Mura settentrionali.

Il suo viso sembrò riprendere colore.

– Meglio i ladri e i banditi in quella stamberga – disse ad alta voce, mentre tutti si giravano a guardarlo – che i kittim pagani a guardia del Tempio...

Diedi di gomito a Sara e mi accorsi che anche lei sorrideva.

Perché era di nuovo lui, con gli occhi ardenti d'ira e la voce dura e impertinente, lo Jehoshua che conoscevamo.

Quel mattino Jehoshua si era svegliato sul far dell'alba, quando ormai Simon bar Joel ci aveva lasciati da un pezzo.

Io e Sara stavamo riscaldando sul fuoco l'ultimo goccio di latte che ci era rimasto (visto che neppure a Gerico la nostra guida era riuscita a procurarci nuove provviste), quando ci eravamo accorti che Jehoshua ci osservava con gli occhi socchiusi, ancora raggomitolato sotto la coperta.

– Tieni – gli aveva detto Sara avvicinandosi. – Questo ti riscalderà.

Lui si era messo seduto e mi aveva rivolto uno sguardo indeciso, forse temendo che potessi ancora respingerlo.

Ma io non avevo più nessuna voglia di respingerlo. E anzi avrei dato non so cosa per trovare le parole giuste da dirgli, e anche il coraggio di gridargli a gran voce che era sempre il mio dannatissimo migliore amico, accidenti a lui, mi si fosse anche spalancata la terra sotto i piedi e aperto il cielo sulla testa.

– Come stai? – mi ero azzardato a chiedergli.

Si era guardato intorno senza rispondere, osservando alla luce del primo mattino il verde umido di rugiada che ci circondava.

– Simon bar Joel è andato via? – mi aveva chiesto.

– Sì.

– Quindi ora siamo rimasti soli...

In quel momento avevo capito che Jehoshua era ancora spaventato.

Aveva bevuto il latte a piccoli sorsi, poi aveva preso in mano lo scrigno di rabbi Shemuel. Aveva rotto il sigillo di cera rossa che ne fissava il coperchio, l'aveva sollevato di qualche pollice. Ma proprio in quel momento le mani avevano cominciato a tremargli e lo scrigno era caduto per terra, aprendosi del tutto.

Conteneva due grosse pergamene; la prima era legata con un sottile nastro azzurro, la seconda con una striscia di cuoio consunta e annerita dal tempo.

– Vuoi che ti legga io queste pergamene? – aveva domandato Sara a Jehoshua.

Lui per un po' aveva tentennato.

– Joachim – aveva sospirato, chiudendo lo scrigno e porgendomelo – da questo momento sarai tu a custodirlo, finché non avremo trovato Aristobulo.

Avevo messo al sicuro lo scrigno nella mia bisaccia. Ma prima di spegnere il fuoco gli ero di nuovo andato vicino.

– Jehoshua...

– Sì?

– Stanotte, mentre dormivi, hai fatto il nome di Marak...

Mi aveva guardato come se non capisse.

– Marak? – aveva ripetuto, con una voce che stentavo a riconoscere.

Poi all'improvviso mi era sembrato che gli tornasse in mente qualcosa. Ma proprio in quel momento Sara ci aveva invitato a farla finita con le chiacchiere, se volevamo raggiungere Gerusalemme prima che il sole fosse alto nel cielo, e il discorso si era chiuso lì.

– Siamo arrivati... – ci disse l'uomo che avevamo conosciuto nella spianata del Tempio. – Imboccate questa strada e poi girate a destra. Prima di giungere al prossimo incrocio vedrete l'insegna della taverna di Areta il Greco.

Lo ringraziammo.

– Qual è il tuo nome? – gli domandai.

– Assalonne...

– Sai dirmi quando partirà la corsa delle Venti miglia?

– Partirà fra due giorni all'alba, dalla Porta delle Pecore –. Mi squadrò dall'alto in basso. – Ma tu sei sicuro di voler partecipare? In città sono arrivati i migliori corridori di Giudea e di Perea. E qualcuno sussurra che tra i partenti si nasconderà anche qualche atleta che ha già corso nei Giochi Augustei[2].

– I Giochi Augustei? – esclamai stupefatto. – Ma questa corsa non è in onore dell'Imperatore, vero? Questa corsa è del popolo di Israele...

Assalonne allungò la mano e prima che potessi tirarmi indietro mi afferrò scherzosamente per i capelli.

– Se hai deciso di consumare il fondo dei tuoi sandali da qui al Mar della Solitudine, fallo pure – mi disse. – Ma davvero credi che Archelao possa prendere una decisione senza il benestare dell'Imperatore? Ci sono stati disordini anche ieri l'altro, sulla spia-

---

[2] I giochi atletici in onore di Cesare Augusto, che si svolgevano in Israele ogni cinque anni, erano stati introdotti da Erode il Grande: furono uno dei tanti motivi di ribellione da parte del popolo di Israele.

nata del Tempio. E quelle cinquecento dramme sono solo l'osso che il padrone getta in pasto ai suoi cani, perché cessino di rivoltarglisi contro...

Ammutolii e quando l'uomo si allontanò per la sua strada Jehoshua evitò di guardarmi negli occhi e si avviò insieme a Sara nella direzione opposta.

Gli andai dietro roso dal dubbio.

Ma le sorprese quella mattina non erano ancora finite.

Perché non appena sistemammo le nostre bestie nelle stalle adiacenti alla taverna, e ci affacciammo in un locale senza finestre e malamente illuminato da una lunga teoria di mozziconi di candela sistemati alla rinfusa su un'asse di legno appesa al soffitto, nell'angolo più buio della sala mi parve di riconoscere un uomo dalla lunga tunica bianca.

Curvo sul suo tavolo, con tre o quattro boccali vuoti davanti a sé, si lamentava tenendo le dita delle mani intrecciate sulla grossa testa pelata.

Guardai Jehoshua e lasciai andare a terra le mie cose.

– Lo sapevo – mormorai.

Anche Sara si fermò stupita a due passi dall'uomo. Poi gli si avvicinò per guardarlo meglio.

– Marak... – disse. – Sei proprio tu Marak?

17

A settanta colpi di flagrum, cioè a morte

QUANDO MARAK, sentendo il suo nome, volse il capo nella nostra direzione ci accorgemmo subito che era ubriaco. Roteò gli occhi e quando aprì la bocca per parlare ne venne fuori un borbottio inarticolato.

Allora si sollevò dal suo sgabello, deglutì, ondeggiò paurosamente e prima che potessimo sorreggerlo cadde ai nostri piedi come un fico maturo giù dal suo ramo.

– Salute! – esclamò un uomo grasso e tondo come una botte, comparendo alle nostre spalle. – Eppure lo avevo avvisato! – aggiunse. – Tre boccali di vino a stomaco vuoto! Dopo quello che si è scolato ieri e ieri l'altro ancora!

– Sei tu Areta il Greco? – gli chiese subito Jehoshua.

Prima che l'uomo potesse rispondere, Marak si rigirò sul pavimento e allungò il braccio nella mia direzione.

Mi inginocchiai e avvicinai l'orecchio alla sua bocca.

– Joachim – farfugliò. – Tuo nonno... Mi dispiace, sarà per domani all'alba.

Poi chiuse gli occhi e si addormentò, o svenne.

– Conoscete quest'uomo? – ci chiese l'oste.

– Sì – risposi sollevandomi. – È il servo di mio nonno.

– Tuo nonno? Un vecchio di nome Bacuc, che vende unguenti e pozioni e dice di saper guarire gli ammalati?

– Proprio lui. Cosa gli è successo?

L'oste per un po' apparve indeciso se rispondermi o meno. Fece un cenno verso Jehoshua. – Chi vi ha fatto il mio nome?

– Simon bar Joel di Magdala.

– Capisco...

Si girò nuovamente verso di me.

– Tuo nonno Bacuc è stato arrestato dai kittim, due giorni fa, sulla spianata del Tempio. Ieri è comparso davanti al procuratore romano. Ed è stato condannato per sedizione e incitamento alla rivolta.

– Incitamento alla rivolta e sedizione? – feci stupefatto.

– A quale pena? – chiese invece Sara, mentre Jehoshua mi guardava in silenzio.

– A settanta colpi di flagrum, cioè a morte.

Trentanove per sopravvivere, se si è abbastanza forti, e settanta per morire. Così ci aveva spiegato qualche giorno prima Simon bar Joel, mostrandoci le cicatrici che ancora gli attraversavano la schiena.

– Ma perché settanta? – gli avevo chiesto, non riuscendo a volgere lo sguardo da quei segni incavati e neri. – Perché non quarantacinque, o cinquanta, o anche un solo fendente di spada, se è vero che nessun uomo può sopravvivere a un simile supplizio?

– Forse perché per i kittim ogni pena inflitta a un ebreo deve servire come monito e terribile esempio – ci aveva spiegato. Si era di nuovo infilato la tunica e aveva detto a Sara, seduta qualche passo più in là, che poteva tornare tra noi. Lei si era inginocchiata vicino al fuoco, evitando di guardarlo, ma poi si era girata di scatto e gli aveva chiesto:

– A cosa pensavi, mentre il flagrum ti colpiva sulla schiena?

Simon bar Joel si era raschiato la gola.

– Alle parole del Rotolo della Sapienza – aveva detto quasi sottovoce. – Le anime dei Giusti sono nelle mani del Santo dei Santi...

– ...e nessun tormento li può toccare – aveva concluso Jehoshua.

Ma mentre lo diceva, senza distogliere gli occhi dalle fiamme che danzavano leggere nella notte, ci eravamo accorti tutti che il labbro inferiore gli tremava.

Dopo aver sistemato Marak in una delle stanze che si affacciavano su un angusto cortile, Areta il Greco ci disse che potevamo usare l'acqua del pozzo per toglierci di dosso la polvere.

Quando più tardi ci riaffacciammo nella taverna, ci accorgemmo che aveva imbandito per noi una tavola carica di ogni tipo di pietanze. In un ampio vassoio di terracotta riconobbi la zuppa di fave, lenticchie e farro che la madre di Jehoshua cucinava per Josef ogni volta che lui rientrava a casa da uno dei suoi viaggi, ben guarnita da sottili fette di pane d'orzo insaporite con l'aglio e l'olio e abbrustolite sulla brace. E su un altro vassoio del montone in agrodolce bollito con prugne secche e cuori di carciofo selvatico. Non mancavano le frittelle di sesamo e fichi secchi, accompagnate dal miele di datteri; per non parlare della frutta, e del grano dolce annegato nell'acqua di gelsomino e amalgamato con pinoli, mandorle, noci tritate e uva passa.

Pensai che l'oste fosse impazzito.

Lui però indicò la tavola e ci ordinò bruscamente di sederci.

– Parleremo solo dopo che vi sarete sfamati – disse. – Perché avete l'aspetto di chi non ha visto un pasto caldo da chissà quanto tempo...

Mi girai a guardare Sara e Jehoshua e mi resi conto che l'uomo aveva ragione. I visi dei miei amici, anche se ripuliti dalla polvere, apparivano terribilmente smagriti ed emaciati. E in quanto ai loro vestiti, anch'essi erano ridotti in condizioni pietose: dei bei sandali di Jehoshua, come dei miei, restavano solo due strisce di cuoio consunte, e la tunica di Sara era sporca, lisa e strappata in più punti.

– Non abbiamo denari per pagarti tutto questo – mormorai.

– Non prendo mai denari dagli amici di Simon bar Joel – ribatté seccamente. – E non ne prenderei comunque, dal nipote di un patriota come Bacuc il Galileo.

Sgranai gli occhi.

– Tutta Gerusalemme loda il suo nome, sapete? –. Si strofinò le mani sul grembiule. – Ma vi racconterò ogni cosa più tardi – e andò incontro a un uomo che proprio in quel momento entrava nella taverna.

Gli fece un cenno nella nostra direzione, lo fece sedere a un tavolo non troppo distante dal nostro, gli riempì un boccale di vino sino all'orlo e poi si allontanò verso le cucine.

Mangiai in silenzio un po' di zuppa. Riuscii a mandare giù anche un pezzetto di montone, due o tre frittelle e persino un pugno di grano dolce. Poi mi accorsi che non sentivo il sapore del cibo.

Mio nonno Bacuc un patriota.

Bacuc il Galileo condannato a morte.

Settanta colpi di flagrum e tutta Gerusalemme che lodava il suo nome. – Cos'avrà combinato quel vecchio pazzo? – borbottai senza accorgermene.

Sara mi disse di asciugarmi gli occhi.

A quanto pare stavo piangendo.

Tirai su con il naso. – Cosa avrà combinato quel vecchio pazzo? – dissi di nuovo, ad alta voce.

– Ha fatto quello che nessuno a Gerusalemme ha mai osato fare, dai tempi in cui Jeudah il Sicario teneva in scacco i kittim e gli uomini di Erode il Grande – intervenne qualcuno alle nostre spalle.

A parlare era stato l'uomo che era entrato dopo di noi nella taverna. Indossava una pesante tunica nera e aveva il capo cinto dal turbante rosso degli uomini del deserto.

Si alzò dal suo sgabello e si avvicinò al nostro tavolo.

– Tuo nonno ha buttato giù i bottini di guerra dalle mura del Tempio[1] – continuò gesticolando. – Ma non è per questo che è stato accusato di sedizione e incitamento alla rivolta.

– Perché allora? – chiese Jehoshua.

Anche Areta il Greco ricomparve al nostro tavolo.

[1] Dal tempo di Erode il Grande i bottini conquistati in battaglia venivano esposti sulle mura del Tempio di Gerusalemme. Ma questo per molti ebrei rappresentava un grave sacrilegio.

– Si è scagliato con il bastone contro i kittim – spiegò. – E mentre quelli cercavano di disarmarlo, riempiendolo di pugni e calci, ha maledetto a gran voce l'Imperatore –. Un sorriso stupito e orgoglioso gli illuminò il viso tondo da luna piena. – Com'è che ha detto? – chiese all'uomo dal turbante rosso.

– Ha detto che per l'Imperatore sarebbe stato meglio sprofondare nella Geenna[2], lui e tutta la sua maledetta stirpe di cani rognosi, anziché tormentare il popolo ebreo. Perché Israele non avrebbe mai meritato di finire sotto il giogo di un dannatissimo cane rognoso come lui...

Mi guardò come se potessi dubitare delle sue parole.

– L'ha chiamato proprio così, lo giuro – insistette. – Dannatissimo cane rognoso e assassino degli ebrei. Per questo la gente ha cominciato a battere i piedi sul selciato, quando lo hanno messo in catene. E persino Aristobulo ha scoperto il capo al suo passaggio, mentre i kittim lo portavano via...

– Aristobulo? – intervenne Sara.

– Sì, persino lui che di solito è così schivo e prudente. Dopo di che, mentre sulla spianata del Tempio arrivavano i mercenari dell'etnarca...

[2] La Geenna, un tetro avvallamento che si apriva a poca distanza da Gerusalemme, era sinonimo di Inferno.

Ma Jehoshua non lo lasciò continuare.

– Dove posso trovare questo Aristobulo? – chiese.

Mentre l'uomo del deserto improvvisamente si zittiva, volgendo uno sguardo interrogativo in direzione dell'oste, io senza dire niente mi alzai e raggiunsi il cortile dove avevamo lasciato le nostre bisacce.

Aprii la mia e presi lo scrigno di rabbi Shemuel.

Poi, prima di rientrare nella taverna, pensai che dovevo proprio smetterla di piangere.

18
Neanch'io sono più quella di prima

QUALCHE ORA DOPO IL TRAMONTO la taverna di Areta il Greco era ancora affollata di viandanti di ogni tipo.

Seduti ai tavoli, in una babele di lingue che si rincorrevano l'una con l'altra, riconobbi i cammellieri del Nilo che ogni tanto si spingevano sino ai villaggi della Galilea, per smerciare l'avorio e le pelli pregiate che facevano entrare di contrabbando attraverso il deserto del Negheb, e insieme a loro i sacerdoti maghi di Ugarit dalle lunghe tuniche color porpora, sempre in cerca di oli, unguenti ed essenze profumate. Vidi uomini del mondo oltre il Mare di Mezzo, soprattutto greci dalle mani pallide e dai visi arrossati dal sole, e altri venuti invece dal lontano Oriente, con il capo scoperto e le caviglie cinte da ogni sorta di amuleti.

Altri ancora, vestiti poveramente, erano solo contadini e braccianti giunti in città per la

corsa delle Venti miglia. Si guardavano intorno intimiditi, parlando tra loro sottovoce, e ognuno stringeva in grembo le sue povere cose, per paura che qualcuno gliele portasse via da sotto il naso.

Seduti invece a un tavolo d'angolo, nella parte più buia del locale, due commercianti di schiavi arabi mangiavano senza mai alzare la testa. Avevano la pelle scura, i tratti del viso che sembravano intagliati nella pietra e corti pugnali dalle custodie argentate, assicurati sui fianchi.

Sara li vide, mi strinse il braccio.

– Vieni, usciamo di qui – mi disse.

La seguii nelle cucine, poi fuori all'aperto, dove un servo di Areta tirava su l'acqua dal pozzo.

– Forse Marak si sarà svegliato, a quest'ora – dissi.

– Ho paura di no – scosse la testa Sara.

Si affacciò nella stanza di Marak, dove lui russava con la bocca aperta, e mi indicò una scala di legno che correndo a ridosso di una parete arrivava sino a una botola che si apriva sul soffitto: – Dicono che Gerusalemme, di notte, brilli di luce propria... – mormorò.

Quando ci trovammo sul tetto ci accorgemmo che era proprio vero.

Gerusalemme la Santa riluceva nel bianco delle sue mille case, sotto una falce di luna tanto sottile da perdersi nel cielo stellato.

Aspettai che Sara si accoccolasse vicino a me. Poi chiusi gli occhi e mi domandai se Jehoshua sarebbe tornato davvero in tempo, per vedere mio nonno morire sotto i colpi del flagrum.

Poco prima del tramonto, Jehoshua era andato via con l'uomo del deserto.

Areta il Greco gli aveva procurato una tunica nuova e un paio di sandali più robusti: – La persona che stai cercando – gli aveva spiegato – vive in cima a una collina che dista da Gerusalemme parecchie miglia e che è raggiungibile solo a piedi. Ma tu sei sicuro di non voler aspettare il nuovo Sabato, quando lui tornerà in città per pregare nel Tempio?

– Il prossimo Sabato nessuno di noi sarà più a Gerusalemme – aveva ribattuto Jehoshua.

– E tu sei sicuro di non poterci dire nient'altro di questo Aristobulo? – era intervenuta Sara.

L'uomo del deserto aveva allargato le braccia: – Non c'è nient'altro che possa dirvi, se non quello che vi ho già detto. Aristobulo viene a Gerusalemme solo per le funzioni del Sabato. Non rivolge la parola a nessuno e nessuno gli rivolge la parola.

Qualcuno dice che è legato ai rabbi zeloti, altri pensano che abbia ancora a che fare con gli Esseni del deserto di Giuda, visto che ha vissuto con loro per tanti anni...

Così nessuno di noi aveva fatto altre domande e Jehoshua mi aveva promesso che avrebbe fatto di tutto per tornare prima del sorgere del sole, in modo da starmi vicino davanti al patibolo che i kittim avrebbero tirato su quella stessa notte sulla spianata del Tempio.

– Non disperare – mi aveva detto, girandosi a salutarmi sull'uscio della taverna. – Qualsiasi cosa succeda, arriverò in tempo, te lo prometto.

Poi, con il capo chino, si era incamminato dietro l'uomo del deserto ed era scomparso nelle strette viuzze di Gerusalemme.

– Se partiamo domani prima del tramonto – insistette Sara – potremmo riuscire a raggiungere i confini con l'Egitto in meno di una settimana.

Mi venne più vicina e poggiò la testa sulla mia spalla.

– Forse potremmo chiedere a Simon bar Joel di accompagnarci – continuò – se riuscissimo a trovarlo prima che riprenda con i suoi uomini la strada per la Galilea.

– Davvero vuoi che rinunci alla corsa delle Venti miglia? – le domandai.

– E tu davvero pensi che riuscirai a correrla, dopo aver visto tuo nonno morire sulla spianata del Tempio? –. Sollevò lo sguardo verso il cielo stellato: – Non avrai né testa né gambe, per farlo... Così non ci resterà che andar via da qui – sospirò. – E via per sempre da Israele.

– Ma se rinunciassimo proprio ora – sospirai, sapendo benissimo che diceva la verità – tutte le sofferenze di questo viaggio sarebbero state inutili.

– Nessuna sofferenza è inutile...

Avvicinò le sue labbra al mio viso e io senza volerlo mi tirai indietro.

– Non posso – mi scusai, mentre qualcosa di morbido e caldo si impadroniva del mio stomaco e delle mie braccia. – Non ho ancora raggiunto la maggiorità.

– Non è vero – ribatté lei. – È stata la strada che hai percorso per arrivare sin qui da Nazaret, il tuo Bar Mitzvah. E neanch'io sono più quella di prima. Perciò ora puoi baciarmi, se vuoi...

Fu così, per la prima volta in vita mia, che io baciai Sara la schiava, la mia principessa dalla pelle nera. Quando però il cuore smise di galopparmi in petto, e già cercavo le parole giuste da dire e sussurrare – io, il nipote di Bacuc il truffatore, sotto il mio cielo stellato e sotto la mia falce di luna – una voce tonda e grassa risuonò alle nostre spalle.

– Presto, venite – disse Areta il Greco,

sporgendo il capo dalla botola. – Marak si è svegliato e vuole parlarvi...

– Eppure ti dico che è così... – giurò Marak, portandosi le mani sul petto. – Tuo nonno aveva deciso di darti il denaro che ti occorreva per riscattare Sara. E per raggiungerti, prima che ti mettessi in guai ancora più grossi, mi ha costretto a un viaggio senza soste e senza riposo.

Non riuscivo ancora a credere alle sue parole.

– Ma cosa gli ha fatto cambiare idea? – domandai.

Marak chiese un altro sorso d'acqua.

– Davvero non capisci? – biascicò, con la voce ancora impastata. – Tuo nonno tiene a te molto più di quanto immagini. E quando Miriam è venuta a trovarlo e gli ha detto che eravate in pericolo...

– Miriam è andata a casa di Bacuc? – lo interruppe Sara.

– Proprio così. E lo ha pregato di mettersi subito in cammino. Perché Mordecai ha messo una taglia sulla vostra testa. Ma non è questo il peggio. Il peggio è che ha dato l'incarico di riportarvi indietro...

Si girò a guardarmi.

– A chi? – domandai.

– A quel bandito di Manasse di Corazin! Lui è già qui, a Gerusalemme. E sta battendo la città strada per strada, alla vostra ricerca.

Mi alzai ma dovetti subito risedermi. Mi tremavano le gambe. Un po' per la stanchezza accumulata in tutte quelle notti di poco sonno, e un po' perché quella era la peggiore notizia che Marak ci potesse dare.

Manasse di Corazin era il peggior rinnegato della Galilea. Aveva messo la sua spada al servizio dei kittim e dei possidenti e non c'era niente che potesse fermare lui e i suoi uomini, quando si trattava di riacciuffare uno schiavo fuggiasco e riscuotere la taglia.

– È stato lui – continuò Marak – a incitare i kittim contro tuo nonno, sulla spianata del Tempio. Lo ha accusato di aver aiutato una schiava a fuggire. E quando i kittim si sono avvicinati per interrogarlo... Tu conosci il carattere di Bacuc! La sua lingua ha cominciato a correre e non si è più fermata. Poi ha perso completamente la ragione e ha alzato il bastone contro di loro...

– Lo accusano anche di aver buttato giù i bottini di guerra dalle mura del Tempio... – intervenne Sara.

– Quello è successo nel parapiglia – assentì Marak. – Ma la gente ha pensato che il suo fosse un premeditato atto di ribellione contro l'etnarca e contro i kittim e ha cominciato a battere i piedi sul selciato, mentre lo portavano via...

Mi presi la testa fra le mani.

Mio nonno sarebbe stato messo a morte l'indomani mattina, Manasse il rinnegato era sulle nostre tracce, Jehoshua era sparito chissà dove per parlare di chissà cosa con uno sconosciuto, e io non sapevo cosa fare. Avrei voluto sdraiarmi su un giaciglio e dormire sino a dimenticarmi persino del mio nome.

Ma dormire era l'unica cosa che non potevo fare.

Mi girai verso Sara.

– Domani tu non verrai con noi, sulla spianata del Tempio! – sbottai. – È troppo pericoloso!

Mi venne tanto vicina che potei vederle negli occhi mille pagliuzze ballerine.

– Invece verrò – disse.

Giunsi le mani per pregarla di non fare così, ma Marak in quel momento mi afferrò per le spalle e mi fece girare bruscamente. – C'è qualcos'altro che devo dirti – borbottò. – Tuo nonno, mentre lo portavano via, ha gridato a gran voce il mio nome e mi ha supplicato...

– Sì?

– Di dirti tutto io, di tua madre...

19
Aria di tempesta

AVREI DOVUTO CAPIRE subito che quella mattina sulla spianata del Tempio si respirava aria di tempesta. E non perché il cielo si era nascosto dietro un manto di nuvole nere e basse che minacciavano da un momento all'altro di scatenarsi in fulmini e pioggia. Ma perché qualcosa di più temibile ribolliva giù in basso, nei cuori e nelle menti delle migliaia di uomini e donne che intorno al patibolo battevano i piedi sul selciato.

I kittim l'avevano tirato su proprio di fronte al Tempio, il patibolo: un largo tavolato, rialzato da terra, da cui si sollevava un palo sul quale era stata assicurata una corda di canapa grossa come un braccio. Tutt'intorno l'etnarca aveva fatto schierare i suoi uomini, lasciando libero solo uno stretto corridoio che, cinto ai lati da due file di soldati, correva sino alla fortezza Antonia.

Schierata invece a nord del Cortile del Tempio, una centuria di kittim faceva da barriera verso la Porta delle Pecore, impedendo a chiunque di entrare e uscire dalla città.

Feci in modo di mettermi alle spalle di Sara, per proteggerla dalla calca che premeva, e di nuovo pensai che l'oste aveva avuto una buona idea nel farla travestire in quel modo. Con le gambe fasciate da un morbido tessuto di cotone, e il viso interamente nascosto dietro il velo, sembrava una delle tante ragazze arabe giunte a Gerusalemme al seguito dei carovanieri del sale. – Cosa sarà successo a Jehoshua? – le domandai. – Mi aveva promesso che sarebbe arrivato in tempo...

Sara scosse la testa, facendomi cenno di non aver capito: il frastuono dei piedi battuti sul selciato era ormai diventato un boato che sembrava scuotere le mura del Tempio e le stesse fondamenta della Città Santa.

Poi improvvisamente il boato si arrestò e un silenzio denso e minaccioso scese sulla folla. Fu allora che vidi mio nonno avanzare, circondato da un folto gruppo di soldati, lungo lo stretto corridoio lasciato libero tra la fortezza Antonia e il patibolo. Coi polsi assicurati a una lunga catena, barcollava a ogni passo e le sue spalle mi sembrarono più curve del solito.

– Che il Santo dei Santi allevii il suo supplizio... – mormorò Areta il Greco.

– E che gli sporchi kittim sprofondino tutti nella Geenna! – disse Marak al suo fianco.

Io invece non dissi niente. Ero troppo occupato a tenere a bada il groppo che mi stringeva la gola. Perché di quel vecchio che andava a morire sotto i colpi del flagrum, di quel dannatissimo imbroglione, di quel mago da strapazzo e furfante da quattro soldi, io non avevo capito niente.

E dopo quello che Marak mi aveva raccontato, avrei voluto solo inginocchiarmi ai suoi piedi e chiedergli perdono.

– Ma tu cosa credevi, di tua madre? – mi aveva chiesto Marak, sul finire della notte, accorgendosi dello stupore che si allargava sul mio viso.

– Non lo so – avevo risposto. – Forse che lui l'avesse abbandonata alla sua sorte dopo che mio padre venne arruolato a forza nell'esercito di Erode Antipa. O che fosse morta di stenti o di crepacuore, a causa della sua spilorceria e dei suoi maltrattamenti...

– Conosci molto poco quell'uomo – mi aveva allora detto Marak. – In ogni caso amava a tal punto sua figlia, tua madre, che nessuno riuscì a farlo muovere dalla soglia del recinto in cui l'avevano rinchiusa, dopo che il rabbi ebbe esaminato per l'ultima volta le piaghe che le martoriavano il corpo e l'ebbe dichiarata immonda.

Ancora non riuscivo a capacitarmi del fatto che mia madre fosse morta in un recinto per lebbrosi, sola e respinta da tutti[1].

– Ma davvero Bacuc fece quello che mi hai detto?

– Sì. Per tutto il tempo che tua madre rimase in vita, lui ogni notte entrò di nascosto nel recinto, per portarle il cibo più fresco e nutriente che riusciva a trovare, ma soprattutto per starle vicino e consolarla. Tentò persino di guarirla coi suoi intrugli puzzolenti, pensa. E non smise di pregare un solo attimo, perché lei si salvasse. Ma quando lei morì, allora sì che smise per sempre di pregare il Santo dei Santi. Ti prese con sé, abbandonò tutte le sue proprietà e i suoi averi e si trasferì in un'altra provincia, in un nuovo villaggio.

– Quindi io...

– Certo. Tu non sei nato a Nazaret. Sei venuto alla luce in un piccolo villaggio della Giudea chiamato Betania.

Mi ero girato verso Sara che sino a quel momento ci aveva ascoltato in silenzio. Avrei voluto dirle che proprio il giorno pri-

[1] Per evitare il contagio, i lebbrosi, come imponeva un passo del Levitico, venivano prima esaminati dai sacerdoti e poi dichiarati immondi e isolati dagli altri abitanti del villaggio.

ma eravamo passati vicino a un villaggio chiamato Betania, e che era un peccato che non avessimo avuto il tempo di visitarlo, ma le parole mi si erano seccate in gola.

Così mi ero di nuovo rivolto a Marak, riuscendo solo a balbettare la domanda più insulsa del mondo.

– Ha... ha sofferto molto mia madre? – gli avevo chiesto.

Senza aspettare la sua risposta ero fuggito fuori dalla stanza. E sotto il cielo di Gerusalemme che già schiariva, mi ero domandato perché mai la verità dovesse bruciare mille volte di più delle illusioni di un ragazzo, e mille volte di più dei silenzi di un vecchio.

Quando Bacuc venne issato sul largo tavolato del patibolo mi resi conto che aveva il viso tumefatto. L'occhio destro era affogato in una macchia viola che si estendeva per metà della guancia, le labbra erano peste e gonfie come meloni andati a male per troppo sole o per acqua marcia.

Eppure il vecchio furfante sorrideva con il suo sorriso storto e sdentato, come non aveva mai fatto in vita sua. Persino quando i kittim gli legarono i polsi al palo, tendendogli le braccia ossute verso l'alto, e persino quando il boia gli strappò la tunica dalle spalle mettendo a nudo la gracilità del suo corpo di vecchio, lui non smise di sorridere e di guardare la folla con occhi febbricitanti.

Marak si coprì il viso con le mani.

– I maledetti kittim l'hanno fatto impazzire... – disse.

Ma io sapevo benissimo che mio nonno non era impazzito. Perché Bacuc il Galileo, in quel momento, stava prendendosi la sua rivincita.

I kittim non potevano nemmeno immaginarlo: che con la loro frusta, di un piccolo imbroglione a cui era vietato persino l'ingresso in sinagoga, stavano per fare un eroe amato da tutto il popolo di Israele.

Senza rendermene conto, mentre già il boia si preparava a infierire con il primo colpo di flagrum sulla sua schiena, cominciai a battere i piedi sul selciato. Sara mi imitò e Areta il Greco e Marak insieme ai piedi cominciarono a battere anche le mani.

In un attimo il boato si riappropriò di tutta la spianata.

– LASCIATELO ANDARE! – gridò una voce.

– ASSASSINI!! – proruppe un'altra.

Prima che i kittim e i mercenari messi a guardia del patibolo si avvedessero di ciò che stava per succedere, la tempesta si scatenò sulla spianata del Tempio.

Il cielo si aprì, la pioggia cominciò a cadere fitta fitta con gocce grosse come pistacchi, e un uomo gigantesco e dalla barba incolta superò il cordone dei soldati e si portò sotto il patibolo. – Guardate! – disse Areta il Greco.

Non riuscivo a credere ai miei occhi. Ma era proprio lui. Era Simon bar Joel di Magdala.

Due kittim provarono a fermarlo. Ma lui li abbatté con la sola forza delle mani. Mandò gambe per aria un altro soldato e poi sollevò il pugno serrato su un corto pugnale. – MAI PIÙ UN SOLO EBREO, SOTTO IL FLAGRUM DEI KITTIM! – gridò.

E il popolo di Gerusalemme, come se non aspettasse altro che quel segnale, si scagliò come una furia contro i mercenari dell'etnarca e contro i kittim messi a guardia della Porta delle Pecore.

20
Eccola qui, la nostra piccola Iota...

– DA QUESTA PARTE! Da questa parte! – gridai a Sara, cercando di afferrarla per la mano. Lei si aggrappò alla mia tunica. Insieme provammo a raggiungere Marak, che a forza di spallate era riuscito a portarsi sino ai piedi del patibolo. Riuscimmo a evitare che un mercenario dell'etnarca senza più armi e senza più elmo ci rovinasse addosso, intontito da una profonda ferita alla testa, e vedemmo Simon bar Joel tranciare con un solo colpo di pugnale le corde che serravano i polsi di mio nonno.

Ai suoi piedi, riverso scompostamente sul tavolato come un fagotto di stracci vecchi, il boia stringeva ancora in mano il suo flagrum. Il nostro amico sicario si chinò, glielo strappò di mano. Poi sollevò Bacuc come fosse un fuscello e saltò giù dal patibolo.

– Bacuc! Simon bar Joel! – gridammo io e Sara.

Ma né il gigante né mio nonno riuscirono a sentire le nostre voci. E mentre loro si allontanavano in direzione delle Porte occidentali, seguiti da Marak e da Areta il Greco che gli guardavano le spalle, io in un lampo, dall'umore più nero, passai a una strana euforia che mi ubriacò il cuore e mi fece girare la testa.

– MAI PIÙ UN EBREO, SOTTO IL FLAGRUM DEI KITTIM! – gridai, pensando che le cose stavano cominciando a girare finalmente per il verso giusto.

Pensai anche che era proprio un peccato che Jehoshua non avesse mantenuto la sua promessa e si fosse perso quel magnifico spettacolo, ma quando un grosso bastone lanciato da chissà dove mi sfiorò la punta del naso, capii che avrei fatto meglio a trovare un angolino dove metterci al sicuro.

Cominciai a sgomitare nella calca che ci spingeva verso il Cortile dei Gentili, e dentro di me pregai il Santo dei Santi perché Simon bar Joel tornasse indietro a prendere anche me e Sara, dopo aver messo al sicuro mio nonno Bacuc.

– Dovremo avvisare Simon bar Joel di ciò che sta succedendo a Gerusalemme – aveva detto Areta il Greco il giorno prima, dopo aver fatto indossare a Jehoshua il paio di sandali che gli sarebbero serviti per raggiungere la casa di Aristobulo.

– Sarebbe inutile – aveva ribattuto Sara. – Perché ha giurato che non avrebbe mai più messo piede a Gerusalemme...

– In ogni caso, a quest'ora – avevo aggiunto io – sarà già arrivato al Mar della Solitudine. Dovremmo avere le ali, per raggiungerlo.

Areta il Greco aveva aperto un armadio a muro e aveva tirato fuori un brandello di pergamena, una sottile cannuccia di giunco con il becco appuntito e tagliato in diagonale e un calamaio di inchiostro nero.

– Con il suo giuramento, e anche con la sua coscienza – aveva detto – potrà fare i conti solo Simon bar Joel. Intanto voi però scrivetegli un messaggio. In quanto alle ali ci penserò io...

Era scomparso nelle cucine, mentre già Sara intingeva la cannuccia nell'inchiostro. Poco dopo era rientrato stringendo tra le mani un grosso piccione dal becco giallo.

– Eccole le nostre ali – aveva sorriso contento. – È con questo piccione viaggiatore che informiamo Simon bar Joel di ciò che succede a Gerusalemme. Speriamo solo che il nostro messaggio gli arrivi per tempo.

Non so come, riuscii a far riparare Sara dietro uno dei bastioni d'angolo del Cortile dei Gentili, poi salii sui gradini utilizzati dai sacerdoti per entrare nel loro atrio.

– Riesci a vederli? – mi domandò Sara.

– No – risposi.

Non vedevo nessuno. Né Simon bar Joel, né mio nonno, né Areta il Greco e Marak. Ma sotto la pioggia che avvolgeva tutti nello stesso respiro gelido e rabbioso, dal centro della spianata sino alla Porta delle Pecore, la gente continuava a combattere contro i kittim e contro i mercenari dell'etnarca, chi a mani nude, chi armato di vanghe e bastoni.

Scesi dai gradini. – Guarda! – dissi a Sara.

Alle nostre spalle un folto gruppo di persone si era fatto strada sino al Cortile Interno e aveva buttato giù dalle mura i bottini di guerra. Li guidavano i rabbi zeloti. Gli stessi uomini dai lunghi riccioli intrecciati sulle tempie che la mattina precedente avevamo visto sfilare al termine delle funzioni.

Cinque o sei di loro scalarono le mura del Tempio, divelsero con lunghi pali la grande Aquila d'Oro, simbolo dell'Impero romano, che Archelao aveva fatto erigere sopra il timpano, e la scaraventarono dabbasso. Altri le si accanirono contro armati di asce e grossi martelli da fabbro, sino a ridurla in polvere e frammenti.

– MORTE AI KITTIM PAGANI! MORTE AL LORO SERVO ARCHELAO! – gridarono.

– Presto, aiutami! – mi supplicò invece un uomo che barcollando reggeva tra le braccia un ragazzo che doveva avere pressappoco la mia età.

L'aiutai a stenderlo sul selciato.

Sara si inginocchiò vicino al ragazzo. Gli asciugò la vasta ferita che aveva sulla fronte con una fascia di cotone che si era strappata dalla tunica. Poi tentò di stringergli la stessa fascia intorno alla testa.

– Lascia stare – l'apostrofò l'uomo. – È troppo tardi ormai –. Chiuse gli occhi al ragazzo, gli incrociò le mani sul petto: – Non l'avevo mai visto, prima d'ora – aggiunse. – Ma forse era venuto in città per tentare la fortuna nella gara delle Venti miglia, proprio come voi.

Solo in quel momento riconobbi l'uomo che la mattina prima ci aveva accompagnato sino alla taverna di Areta il Greco.

– Assalonne! – esclamai.

– Dovete andar via da qui, ragazzi – fece invece lui. – Finché siete in tempo...

Mi sollevai, mentre Sara si aggrappava al mio braccio, e non potei fare a meno di guardare i sandali del ragazzo. Erano vecchi e consumati come i miei.

– Ma come faremo a raggiungere le Porte? – chiesi ad Assalonne. – Infilarsi di nuovo in quella calca sarebbe un suicidio.

– Seguitemi – ci disse allora l'uomo.

Invece di dirigersi verso la fortezza Antonia, per poi puntare verso una delle Porte che sul lato occidentale davano sulla città vecchia, Assalonne ci fece strada dalla parte opposta, aggirando il Cortile dei Gentili sino a giungere al lungo porticato che correva parallelo alle alte Mura orientali. Da qui proseguì seguendo il loro perimetro, dove il terreno si abbassava e dove le donne trascinavano i feriti più gravi e i morti, e ben presto giungemmo in vista della prima Porta di Culda.

– Ora potete continuare da soli – ci disse. – Tornate alla taverna e non muovetevi di lì fin quando tutto sarà finito – e subito si rituffò nella battaglia.

Io e Sara per un attimo ci guardammo imbambolati. Poi cominciammo a correre verso la Porta. Ma prima che riuscissimo ad attraversarla ci si parò davanti un uomo con una giubba di cuoio rinforzata da grosse borchie di metallo. Afferrò Sara per un braccio, le strappò il velo dal viso.

– Non mi ero sbagliato dunque! – sogghignò. – Eccola qui, la nostra piccola Iota.

Il cielo mi cadde sulla testa.

– E tu devi essere Joachim... Il nipote di Bacuc il Galileo – aggiunse. – Ma dov'è il vostro amico Jehoshua?

Trattenni il fiato e gli sferrai un violento calcio su un ginocchio. Poi, mentre si chinava, mi scagliai contro di lui con tutte le mie forze e lo gettai a terra.

– SCAPPA! SCAPPA, SARA! – gridai, mentre Manasse di Corazin mi sollevava di peso e mi metteva con le spalle sul selciato.

Cercai di liberarmi, ma qualcosa di duro mi colpì più volte sul viso e sulla testa, e svenni.

21
La lepre dalla zampa mozza

SULLA SOGLIA DELLA CASA di mio nonno Bacuc c'era mia madre.

Chi mi aveva detto che era morta di lebbra? Tutte menzogne. Perché non solo mia madre era viva, ma era anche la donna più bella che mai avesse camminato per le strade strette e polverose di Nazaret. Il suo viso era un ovale perfetto. I suoi occhi grandi e amichevoli. Il suo collo sottile e teso, come un giunco al vento sulle rive del Genesaret.

– Sto sognando, madre – le dissi. – Ed è un bellissimo sogno...

– Guarda, Joachim – mi disse invece lei, porgendomi le mani.

Erano bellissime, le sue mani.

Ma erano piagate nell'incavo delle dita, come quelle di Miriam. E dure come le sue di calli e di fatica, sul palmo screpolato e spesso.

– Sto sognando, madre – le dissi.

Ma non era mia madre.
Era proprio Miriam.
E ai suoi piedi, mentre io facevo un balzo indietro, comparve la lepre dalla zampa mozza.
– Ti ricordi di me, Joachim? – mi chiese la lepre.
– Sì – risposi.
– Non devi temere, Jehoshua arriverà...
Così dicendo la lepre scomparve, scomparve Miriam e io sentii un dolore lancinante.
– Aaaah! – mi lamentai, aprendo gli occhi.
– Ben svegliato – disse invece Manasse di Corazin. E per farmi capire che il mio sogno era proprio finito, mi diede un altro ceffone sul viso.

Ci misi qualche attimo a capire dove mi trovavo. Era una vecchia casa in rovina, o forse solo una stalla, visto che puzzava di fieno e di bestiame. Attraverso un'ampia crepa che correva tra la parete e le prime canne del tetto, vidi un cielo rossastro e sgombro di nuvole.
Pensai così che dovevo essere rimasto a lungo privo di sensi, dato che quando ero svenuto pioveva ancora a dirotto. Tentai di muovere le mani e le gambe. Ma qualcosa me lo impedì.
– Sono troppo stretti questi lacci? – mi chiese Manasse di Corazin.

Solo in quel momento capii di essere legato mani e piedi al palo che reggeva la volta del tetto.

– Se sono troppo stretti, non hai che da dirlo – aggiunse. E subito mi appioppò un altro ceffone.

Si allontanò da me e si rivolse a un uomo che in quel momento era entrato nella stalla.

– Allora? – gli domandò.

– Niente – rispose l'uomo. – Non abbiamo trovato né la schiava di Mordecai, né il figlio di Josef e Miriam. Devono essersi rintanati da qualche parte, e non sarà facile scoprire dove.

Quindi Sara era riuscita a fuggire. Tirai un sospiro di sollievo e mi domandai se avesse raggiunto sana e salva la taverna di Areta il Greco, e se anche Jehoshua in quel momento si trovasse al sicuro insieme a mio nonno e a Simon bar Joel, ma Manasse si riavvicinò e non mi restò più molto tempo per pormi domande.

Mi colpì tre volte di seguito. E per tre volte di seguito la mia testa sbatté contro il palo. – Dove si nascondono i tuoi amici? – mi chiese.

Voltai il viso di lato.

– Non picchiarmi – lo supplicai.

Anziché darmi un altro ceffone, lui esplose in una risata.

– Levategli i sandali! – disse ai suoi uomini.

Si girò verso un grosso braciere acceso,

prese un ferro dalla punta arroventata. Poi ordinò ai suoi uomini che mi sollevassero il piede destro.

– A Nazaret dicono che sei venuto a Gerusalemme per partecipare alla corsa delle Venti miglia – mi disse, avvicinando il ferro alla pianta del mio piede. – Ma ti assicuro che non correrai più nessuna gara, se non mi dirai subito ciò che voglio sapere...

Avvicinò un po' di più il ferro rovente.

– Non riuscirai più nemmeno a camminare – aggiunse. – E ti trascinerai come una lepre a cui abbiano mozzato una zampa...

Non avrebbe mai dovuto dirmi quelle parole. Perché improvvisamente mi ricordai del sogno che avevo appena fatto. E capii che se anche la paura mi annebbiava la vista e mi stringeva il cuore, quell'uomo non sarebbe riuscito a farmi dire una sola parola, sul nascondiglio dei miei amici.

E poi cosa mai poteva saperne, quel rinnegato di Manasse di Corazin, del coraggio della lepre dalla zampa mozza?

Io e Jehoshua eravamo incappati nella lepre dalla zampa mozza in uno splendido pomeriggio d'estate.

Eravamo sul finire del mese di Av, e da lì a pochi giorni sarebbe iniziato il Rosh HaShanah. Miriam ci aveva chiesto di andare a raccogliere fichi neri, noci e more di gelso, perché aveva in mente di cucinare gli

Involtini dolci del Re di cui Josef andava ghiotto, e noi ci eravamo diretti verso uno stretto avvallamento che i pastori del posto chiamavano La Tasca di Giacobbe, ricca com'era di ruscelli e di alberi da frutta di ogni tipo.

Sul far della sera Jehoshua aveva già riempito la sua borsa, e mentre io ancora mi davo da fare intorno a un rovo, aveva notato qualcosa che brillava in mezzo all'erba.

– Joachim! – mi aveva chiamato.

Mi ero avvicinato e avevo visto una grossa tagliola messa lì da qualche cacciatore, serrata intorno alla zampa di una lepre.

– Guarda... La tagliola le ha staccato di netto la zampa e la lepre è riuscita a fuggire – avevo detto, osservando una sottile striscia di sangue che si allontanava in mezzo all'erba.

– No – aveva ribattuto Jehoshua. – Non è stata la tagliola a staccarle quella zampa.

Mi aveva fatto cenno di seguirlo e poco più in là, ai piedi di un grosso arbusto di senape nera, avevamo trovato la bestiola. Riversa sul terreno respirava a fatica, sollevando verso di noi il muso bianco e umido, e con il suo corpo faceva da scudo a quattro o cinque leprotti dal pelo ambrato.

– Ora capisci perché l'ha fatto? – mi aveva chiesto Jehoshua.

– Fatto cosa?

– Se l'è staccata da sola a morsi, quella zampa... pur di liberarsi della tagliola e tornare a proteggere i suoi piccoli.

Per un po' ero rimasto a osservare in silenzio la lepre dalla zampa mozza.

– Che ne facciamo? – avevo domandato

a Jehoshua. Lui aveva svuotato la borsa dai frutti appena raccolti, vi aveva messo dentro la lepre e i suoi leprotti: – La porteremo con noi a casa e la cureremo – aveva detto. – Per il coraggio che ha dimostrato...

Quando Manasse terminò con il mio piede destro ordinò ai suoi uomini di sollevarmi il piede sinistro.

Non mi importava più di tanto ormai.

Perché sapevo che sarei svenuto di nuovo, non appena il ferro arroventato mi avesse di nuovo ustionato la pianta del piede. E poi svenire era così facile. Bastava concentrarsi sul dolore e pensare di essere la lepre dalla zampa mozza. Così ogni volta riuscivo a fuggire alla tagliola. Sino a quando qualcuno non mi gettava un secchio d'acqua sul viso e la voce lontana di Manasse di Corazin giungeva di nuovo alle mie orecchie.

– Dove sono i tuoi amici? – disse ancora una volta. E poi: – Mettigli di nuovo il bavaglio e arroventa il ferro, vedrai che dopo parlerà...

«Non parlerà» mi dissi invece io. «La lepre dalla zampa mozza non parlerà.»

Perché ormai avevo imparato a giocare di fantasia e di denti. Sul mio dolore preso a tradimento nella tagliola. E poi potevo sempre svenire.

– Dovrà dircelo dove si nasconde Iota...

Iota?

«Non si chiama Iota» pensai. «Si chiama Sara. Come la sposa del padre Abramo. La mia principessa nera. E non sarà mai più una schiava. Perché verranno altri tempi in Israele. E allora ognuno avrà una casa dove vivere. E anche una terra da coltivare. E nessuno sarà mai più schiavo di un suo simile, né suo servo.»

– E ci dirà anche dove è andato a finire il suo amico Jehoshua...

Jehoshua?

«Ne abbiamo fatta di strada insieme, io e lui. Sino a consumarci i sandali. Solo che la sua corsa non è la mia corsa. Perché lui non corre per denaro. Lui corre a cavalcioni delle nuvole. E cammina a piedi nudi sulla luna. Ma ora fatemi svenire, o almeno levatemi il bavaglio e lasciatemi gridare. Perché non tradirò mai il mio amico Jehoshua. Lo giuro. Incrocio anche le dita sul cuore. Cosa avevi detto, lepre? Jehoshua arriverà? Forse arriverà tardi, questa volta.»

– Passami il ferro – ruggì Manasse di Corazin.

Strinsi i denti pensando che di lì a poco sarei di nuovo svenuto, quando sentii un gran trambusto.

Poi delle urla scomposte, un violento battere di lame, altre grida ancora e infine una mano piccola e calda che si poggiava sul mio viso.

– Joachim! – disse una voce che non era

quella di Manasse di Corazin. – Svegliati, ti prego, è tutto finito ormai...

Qualcuno mi levò il bavaglio. Ma quando provai ad aprire gli occhi non ci riuscii.

– Joachim! – disse di nuovo Jehoshua.

Questa volta riuscii a sollevare le palpebre. – Non sono Joachim – protestai. – Sono la lepre dalla zampa mozza...

22
E Simon bar Joel gli ha ubbidito

UNA VOLTA, dopo la lettura di uno dei brani dell'Esodo, rabbi Eliezer ci aveva detto che quando un bambino ride, il Santo dei Santi ride con lui. E che quando un vecchio piange, il Santo dei Santi piange con lui.

Io non potevo sapere se il Santo dei Santi quella notte stesse davvero piangendo, mentre ci allontanavamo da Gerusalemme diretti verso il Mar della Solitudine, sotto un cielo punteggiato di stelle. Ma di sicuro, quello che accompagnava i sobbalzi del piccolo carro in cui mi avevano adagiato era il pianto sommesso e disperato di mio nonno Bacuc.

Ogni tanto, nel dormiveglia in cui ero caduto, riaprivo gli occhi. Ma non riuscivo neppure a girare la testa, tanto era il tormento che mi attanagliava il piede destro e l'intera gamba, per poi risalire lungo lo stomaco e la schiena e martellarmi pesantemente sulla testa.

Prima della partenza, Jehoshua e Simon bar Joel avevano distribuito sul fondo del carro uno spesso strato di paglia. Vi avevano steso alcune coperte di lana, in modo che patissi il meno possibile le fatiche del viaggio. Sara si era sistemata dietro di me, perché potessi poggiare la testa sulle sue gambe. Marak si era messo alla guida del carro.

Bacuc di sicuro veniva dietro di noi, in groppa all'onagro che aveva portato me e Sara sino a Gerusalemme, mentre Jehoshua procedeva in testa alla piccola carovana, al fianco di Simon bar Joel e dell'uomo del deserto, che reggevano in mano due grosse torce. Poco più indietro, tra loro e il carro, vedevo invece delinearsi la figura slanciata dell'uomo chiamato Aristobulo.

Era stato lui che poche ore prima, nella taverna di Areta il Greco, aveva portato a tutti la straordinaria notizia.

– I kittim hanno abbandonato la fortezza Antonia e sono fuggiti in direzione di Cesarea – aveva detto Aristobulo, un uomo altissimo e magrissimo che indossava uno strano copricapo di tela grezza, bianco e azzurro, bordato di rosso. – Sembra che abbiano obbligato a partire con loro anche Archelao. Insieme a sua moglie, ai suoi figli e ai suoi nipoti, a tutta la sua corte... Certo i kittim torneranno con un esercito ancora più numeroso e potente... Ma oggi è giorno di festa, per il popolo di Gerusalemme.

Steso sul mio giaciglio, avevo sentito la mia voce sollevarsi a stento:

– Ma se l'etnarca è andato via, allora, la corsa delle Venti miglia...

– Non ci sarà più nessuna corsa – era intervenuto mio nonno Bacuc. – Né domani né mai.

Aveva finito di fasciarmi il piede e poi, con la mano ossuta che gli tremava, si era asciugato le lacrime che gli rigavano il viso.

– Potrai mai perdonarmi? – aveva sussurrato.

Mi ero sforzato di girare la testa di lato, per poterlo guardare meglio negli occhi e rivolgergli la domanda che sino a quel momento mi ero tenuto dentro. – Mia madre, come si chiamava mia madre? – gli avevo chiesto.

– Si chiamava Sara – mi aveva risposto. Aveva accarezzato tra i capelli quella che per lui era sempre stata la schiava Iota, e aveva aggiunto: – Come la tua Sara...

Poi aveva ricominciato a singhiozzare ed era uscito dalla stanza, subito seguito da Marak, da Aristobulo e dall'uomo del deserto, lasciandomi solo con la mia principessa nera.

– Chiudi gli occhi, ora – mi aveva implorato lei. – Il viaggio sarà lungo, e tu devi pensare a riprendere le forze.

Avevo socchiuso gli occhi. Ma c'era qualcos'altro che dovevo sapere.

– Come avete fatto a trovarmi? – le avevo chiesto. – E dov'è ora Jehoshua?

Alla luce tremolante delle candele, mi era sembrato che lei tentennasse.

– Jehoshua sta preparando insieme a Simon bar Joel il carro che servirà a trasportarti sino al rifugio di Qumran, nel deserto a nord del Mar della Solitudine, dove vivono gli Esseni – aveva sussurrato. – È stato solo per merito suo se siamo riusciti a trovarti. È riuscito a entrare a Gerusalemme insieme ad Aristobulo, quando ancora infuriava la battaglia, utilizzando un passaggio segreto conosciuto solo dai patrioti, e ci ha raggiunto alla taverna di Areta il Greco. Ma quando ci ha trovati tutti tranne te, e io gli ho raccontato come ti eri lanciato contro Manasse sulla spianata del Tempio, e come grazie a questo io fossi riuscita a fuggire... ecco, è successa una cosa stranissima...

– Che cosa?

– Prima ha cominciato ad andare avanti e indietro a grandi passi. Ma non sembrava più lui. Sembrava un altro Jehoshua. La sua espressione non era più quella di un ragazzo. Si è inginocchiato sul pavimento e ha chiuso gli occhi. Proprio davanti a noi, come se noi non fossimo presenti. Il suo viso era disteso. La cicatrice sulla guancia era completamente sparita. È rimasto così a lungo. Poi all'improvviso si è alzato e ci ha chiesto di seguirlo. Ma Areta il Greco non ne voleva sapere. Diceva che era troppo pericoloso muoversi per le vie di Gerusalemme. E che comunque non avevamo nessuna possibilità di trovarti... Invece quando Simon bar Joel ha zittito l'oste e abbiamo tutti seguito Jehoshua, lui ci ha portati dritti in quella stalla. Come se l'avesse sempre saputo, dove ti avevano trascinato...

– E Manasse di Corazin? Che ne è stato di lui? – avevo chiesto ancora, prima di chiudere gli occhi.

La voce di Sara in quel momento si era confusa con altre voci che rimbombavano nella mia testa.

Quella piangente di Miriam che mi raccomandava di stare vicino a Jehoshua. Quella allegra di Simon bar Joel che nell'oasi nascosta rideva delle mie disavventure a Magdala. Quella bassa e roca di mio nonno Bacuc che scacciava gli spiriti immondi dal corpo di Marak il cieco, nella lontana Betsaida, e anche quella di Aristobulo che raccontava della disfatta dei kittim e della vittoria del popolo di Gerusalemme, nella taverna di Areta il Greco

– Simon bar Joel – mi era sembrato di sentire – aveva già il pugnale puntato sulla gola di Manasse. Di certo l'avrebbe ucciso, dopo aver visto ciò che ti aveva fatto. Ma

Jehoshua gli ha messo la mano sul braccio. Gli ha ordinato di non spargere altro sangue, di lasciarlo andare... Proprio così. Non gliel'ha chiesto, capisci? Gliel'ha ordinato. E Simon bar Joel... Simon bar Joel gli ha ubbidito!

La mattina dopo, quando arrivammo al rifugio degli Esseni, dopo esserci lasciati alle spalle le sponde brulle e costellate di mucchi di sale del Mar della Solitudine, Simon bar Joel mi prese in braccio e mi portò dentro un vasto edificio dalle pareti interamente intonacate di bianco.

Un uomo molto anziano, dai lunghi capelli grigi che gli ricadevano liberi e folti sulle spalle, gli fece strada sino a una stanzetta disadorna, sul cui pavimento era stato sistemato un giaciglio fatto con paglia e aghi di pino. L'uomo vi distese sopra le coperte di lana che Aristobulo aveva preso dal carro, aspettò che Simon bar Joel mi stendesse coi piedi rivolti verso l'ampia finestra che si apriva verso oriente, poi gli chiese di levarmi le bende.

– Vediamo queste ferite – mormorò, chinandosi.

Provai a sollevare la testa, ma Aristobulo mi ordinò di non guardare.

Quando il vecchio si rialzò, e mi toccò il collo e la fronte, e poi di nuovo si chinò sui miei piedi borbottando qualcosa d'incomprensibile, Simon bar Joel non resistette più e con voce roca chiese: – Rabbi, camminerà il ragazzo?

Chiusi gli occhi e trattenni il respiro.

– Ha la febbre alta – rispose il vecchio – ma le ustioni non sono profonde. Ci vorrà del tempo, certo. E anche molte cure. Però, sì, il ragazzo camminerà.

Riaprii gli occhi e proprio in quel momento, attraverso la grande finestra, vidi uno stormo di fenicotteri dalle grandi ali che attraversava l'azzurro del cielo in una lunghissima scia rosa e bianca.

Il vecchio seguì per un attimo il mio sguardo, mi asciugò il sudore sulla fronte.

Poi si rivolse ad Aristobulo.

– Portami da lui, ora... – disse.

E dal tono basso e tremante della sua voce, capii subito che si riferiva a Jehoshua.

23
Perché giungano alle generazioni che verranno

– CORAGGIO... – mi disse Sara, porgendomi la stampella che mio nonno Bacuc aveva ricavato fasciando strettamente due rami di legno di ginepro. – È il primo passo quello che conta.

Inforcai la stampella, appoggiandomi alle sue spalle con l'altro braccio, e per la prima volta uscii dalla mia stanzetta. Era il giorno del mio tredicesimo compleanno, e ormai erano passate tre settimane da quando avevamo raggiunto il rifugio di Qumran. In tutto quel tempo non solo avevo completamente recuperato le forze, ma avevo anche avuto modo di sperimentare l'ospitalità dei sacerdoti esseni e l'efficacia delle loro medicine e dei loro unguenti.

Le ustioni si erano completamente cicatrizzate. E rabbi Sholomoh, l'uomo che mi aveva accolto e curato, mi aveva assicurato che con il tempo avrei recuperato almeno in parte la sensibilità del piede. Certo non avrei mai più potuto affrontare una gara di corsa. Ma avrei potuto reggermi in piedi e camminare. E questo mi bastava, visto che la strada per l'Egitto sarebbe stata dura e faticosa da affrontare.

– Sei sicura che voglia parlare proprio con me? – chiesi a Sara, quando raggiungemmo il terrazzamento che si affacciava su un profondo canalone che declinava in direzione del Mar della Solitudine.

– Sì, e ha detto che vuole parlarti da solo – mi assicurò Sara, aiutandomi a sedere su uno dei grossi massi che contornavano il ciglio della spianata.

Mi guardai intorno e per la prima volta mi resi conto di quanto vasto fosse il rifugio degli Esseni, costruito su un altopiano desertico circondato da una serrata cornice di colline di roccia calcarea. A poca distanza dall'edificio dove ero stato ospitato, quasi addossato alla parete della collina più alta, era stato portato a termine il nuovo monastero. Simon bar Joel ci aveva spiegato che la vecchia costruzione era stata distrutta da un terremoto avvenuto molti anni prima, e che per tutto quel tempo i rabbi erano vissuti nelle tende e nelle grotte che si aprivano numerose sui fianchi delle colline vicine.

Non tutta la comunità era formata da sacerdoti. Molti uomini e molte donne seguivano i loro precetti, vivendo del poco che riuscivano a ricavare dai terreni di Ein Feshkha, un'oasi che sfidava il deserto qualche miglio più a sud. Ma solo gli tzaddikim che avevano preso i voti osservavano strettamente le più dure regole di povertà e di preghiera.

L'uomo che guidava la comunità era proprio rabbi Sholomoh. Sara mi aveva spiegato che era con lui che Jehoshua passava tutte le sue giornate, pregando e discutendo intorno ai Rotoli della Legge.

In tutte quelle notti, Jehoshua aveva dormito di fianco al mio giaciglio. Si era fatto sistemare una stuoia e qualche coperta sotto la grande finestra che si apriva verso oriente, e aveva provveduto a tutti i miei bisogni. Ogni volta che avevo avuto sete, mi aveva dato da bere; quando il dolore si era fatto troppo forte, mi aveva inumidito le labbra con la pozione oleosa e amarissima che rabbi Sholomoh aveva preparato per me; quando gli incubi erano tornati a infestare il mio sonno, mi aveva stretto la mano e aveva vegliato nel buio, senza dire una parola.

Tutte le mattine però, non appena i primi raggi del sole facevano capolino nella stanza illuminando il suo viso magro e serio, il mio amico usciva dalla stanzetta e non vi faceva ritorno che verso il tramonto.

E più passava il tempo, e più lui diventava taciturno, più lo sentivo allontanarsi da me. Come se le nostre strade stessero lentamente ma inesorabilmente dividendosi.

Qualche giorno prima di mettere il naso all'aperto, avevo anche deciso di parlare del cambiamento di Jehoshua con Simon bar Joel, per chiedergli consiglio. Il gigante però aveva raccolto i suoi uomini ed era di nuovo andato via. Per una missione speciale, mi avevano detto. Ma nessuno aveva voluto dirmi dove.

– So che il tuo piede va molto meglio – mi disse Aristobulo, quando Sara si allontanò in direzione del monastero.

Sorrisi imbarazzato, di fronte all'uomo che ora volgeva lo sguardo verso la nebbia azzurrina che sovrastava le acque del Mar della Solitudine, e di nuovo mi domandai cosa avesse di tanto importante da comunicarmi.

– Tuo nonno Bacuc sta mettendo sottosopra l'intera comunità – disse ancora, sorridendo a sua volta. – Sta tormentando rabbi Sholomoh perché gli sveli i segreti delle sue medicine. E insiste perché anche gli altri tzaddikim gli rivelino quelli che lui si ostina a chiamare "trucchi del mestiere".

Sentii il viso diventarmi color porpora e pensai che mio nonno Bacuc non sarebbe mai cambiato.

– Ma non era di questo che volevo parlarti... – continuò Aristobulo, facendosi più serio. – Abbiamo discusso a lungo, io e rabbi Sholomoh, a tuo riguardo, e pensiamo di doverti almeno una spiegazione, nel giorno del tuo tredicesimo compleanno.

– Una spiegazione? – riuscii finalmente a dire, schiarendomi la voce.

– Sì. Perché dopotutto, senza il tuo aiuto, Jehoshua non sarebbe mai arrivato sino a noi. E non ci avrebbe consegnato ciò che rabbi Shemuel aveva custodito per tanti anni, in attesa che i tempi si facessero maturi...

Avrei voluto dirgli che le cose non stavano proprio così, e che anzi era stato solo grazie a Jehoshua se Sara era riuscita a liberarsi dalla schiavitù e se io mi trovavo lì sano e salvo, ma attesi in silenzio che l'uomo arrivasse al dunque. Anche se non ero sicuro di voler conoscere quali segreti avesse custodito lo scrigno del rabbi cieco: perché in quel momento, seduto su quel masso, e circondato da quelle colline grigie e pietrose che avevano attraversato indenni e silenziose interi millenni, mi sembrò che la terra riarsa di Israele e quel cielo così azzurro si fondessero in una cosa sola. E chi ero in fondo io, per far parte di tutto questo?

– Jose ben Joeser di Zereda, il Maestro di Giustizia della nostra comunità, più di un secolo e mezzo fa fece una profezia... – continuò Aristobulo.

E io, stringendo ambedue le mani sulla mia stampella, rimasi lì a sentire ogni sua parola.

– Capisci? – dissi più tardi a Sara. – Una delle due pergamene, quella legata con il nastrino azzurro, conteneva il testamento del Maestro di Giustizia. E anche una mappa particolareggiata delle colline intorno a Qumran, dove sono state segnate le caverne più inaccessibili e nascoste!

– Calmati, ora – mi interruppe Sara. – Vieni qui a sederti. Se continui ad agitarti in quel modo, le ferite finiranno per riaprirsi.

Mi lasciai andare sul giaciglio.

Avevo pregato Sara di seguirmi nella mia stanzetta, dove nessuno avrebbe potuto sentirci, e quel che avevo da dirle mi bruciava in gola, non riuscivo a tenerlo dentro.

– Ascolta... – continuai. – Jose ben Joeser predisse che sarebbero venuti tempi sempre più difficili, in Israele. Che sarebbero arrivati i giorni in cui lo straniero avrebbe attraversato il Mare di Mezzo e invaso le nostre terre. Così numeroso e potente da imporre la sua legge sul popolo, il suo emblema pagano sul Tempio di Gerusalemme. Proprio così come è successo. Ma non è questo il peggio, il peggio deve ancora arrivare.

– Cosa intendi dire?

Ripensai alle parole di Aristobulo.

– Il Maestro di Giustizia ha predetto che verrà una guerra che non darà tregua al popolo ebreo, dalle colline della Galilea sino al deserto del Negheb. Non avverrà subito. Passeranno molti lustri ancora. Ma quando la furia distruttrice dei kittim toccherà l'apice, neanche la comunità degli Esseni verrà risparmiata. Per questo motivo Jose ben Joeser preparò la mappa di quelle caverne. Per nascondervi e salvare i Rotoli della comunità, quelli più antichi e anche quelli che i Maestri Esseni scriveranno sino a quando sarà loro permesso scrivere. Sul nostro popolo, sulla nostra Legge, sulle nostre speranze di giustizia... Perché così si salvino e giungano alle generazioni che verranno[1].

– E l'altra pergamena? – mi chiese Sara. – Cosa c'era scritto sull'altra pergamena?

Per un attimo rimasi in silenzio.

– Questo Aristobulo non ha voluto dirmelo – mormorai. – Mi ha detto solo che parlava di un'altra profezia. Ma che il suo mistero è così grande... così grande...

– Che solo un ragazzo capace di cammi-

[1] La comunità degli Esseni venne distrutta dai Romani nel 68 d.C. Nel 1947, in una grotta nei pressi di Qumran, due ragazzi scoprirono delle pergamene nascoste dai rabbi della comunità quasi duemila anni prima. Numerosi Rotoli vennero recuperati più avanti in altre grotte e gli studiosi si dicono convinti che molto materiale sia ancora in mano alle ultime tribù beduine del deserto.

nare a piedi nudi sulla luna può forse arrivare a comprenderlo – intervenne una voce morbida e dolcissima alle mie spalle.

Mi girai di scatto.

Miriam era lì.

E insieme a lei c'erano suo marito Josef e Simon bar Joel.

– Abbiamo voluto farti una sorpresa, per il tuo tredicesimo compleanno – esclamò il gigante. – Perché se rabbi Sholomoh ha accettato che il prossimo Sabato sia tuo nonno Bacuc a presentarti al suo cospetto per il tuo Bar Mitzvah, saranno invece Josef e Miriam a presentare Sara per la sua conversione.

Mi girai verso Sara e la vidi chinare il capo. Lei l'aveva sempre saputo, dov'era andato Simon bar Joel.

– Il viaggio da Nazaret sino a qui è stato faticoso – disse ancora il gigante. – Ma Miriam e Josef hanno voluto vederti subito...

Cercai di levarmi in piedi.

Ma Miriam mi precedette, si chinò su di me. – Grazie – disse. – Per essere rimasto vicino a mio figlio.

Anche Josef si avvicinò al mio giaciglio. E mentre prendeva le mie mani nelle sue, e mi ringraziava con quella sua voce calma e piana, vidi comparire nel vano della porta Jehoshua.

Ci fissammo in silenzio per un lungo attimo. E fu in quel momento che compresi che io sapevo. Perché sì, io ne ero certo. Che la seconda profezia custodita nello scrigno di rabbi Shemuel riguardava proprio lui, il mio strano amico Jehoshua.

Qualsiasi fosse la misteriosa e terribile corsa che aveva cominciato a correre. Qualsiasi fosse il suo traguardo e il suo ultimo premio.

24
Shalom, amico

CINQUE GIORNI DOPO l'arrivo del padre e della madre di Jehoshua al rifugio di Qumran, rabbi Sholomoh aprì la porta del monastero a Sara. Dietro di lei, l'una con la mano sulla sua spalla sinistra e l'altro con la mano sulla sua spalla destra, Miriam e Josef l'accompagnarono seguendo il suo passo lungo e dinoccolato. Miriam indossava un'ampia tunica di lana bianca, Josef aveva i fianchi cinti con la fascia gialla e rossa dei padrini di conversione. Quando la porta del monastero si serrò alle loro spalle, io rimasi fuori con mio nonno e Simon bar Joel, in attesa del mio turno.

– Stai un po' fermo con quella stampella, ragazzo – bofonchiò Bacuc, vedendomi zoppicare avanti e indietro sul loggiato. – Mi farai venire il mal di testa. E la gente ci guarda...

Mi girai verso l'ampio spiazzo alle nostre

spalle, dove gli uomini e le donne della comunità attendevano con noi di poter entrare nel monastero, per partecipare alla funzione del Sabato e assistere al mio Bar Mitzvah. In prima fila, insieme ai sicari di Simon bar Joel e all'uomo del deserto, vidi anche Marak, che chissà come era riuscito a procurarsi uno degli strani copricapi bianchi e celesti degli Esseni, del tutto simile a quello portato da Aristobulo.

Mi sembrò brutto come sempre, a dire la verità, con il suo faccione tondo e con il suo mento prominente, ma almeno era riuscito a nascondere la sua enorme testa pelata.

– Non ci riesco, a stare fermo – protestai. – E se Sara si fosse dimenticata qualche Salmo o qualche Mitzvah? Capirai, con tutto quello che abbiamo passato...

– Joachim, luce dei miei occhi – rise allora Bacuc, facendo l'occhiolino a Simon bar Joel. – Ti ho mai detto che sei il peggior menagramo che si sia mai trascinato su una sola stampella?

– Tuo nonno ha ragione, Joachim – intervenne Simon bar Joel. – Perciò mettiti l'animo in pace. Sono sicuro che Sara si farà onore e risponderà nel modo giusto a tutte le domande di rabbi Sholomoh...

Mi fermai e mi appoggiai al muro, anche se dentro di me continuavo a sentire una gran paura. Ma quando, dopo un tempo che mi parve interminabile, le porte del monastero si riaprirono e vidi venire fuori Sara con in mano un ramoscello d'ulivo, capii che era andato tutto bene. Che ormai anche lei apparteneva al popolo di Israele.

Era arrivato il mio turno.

– Andiamo – dissi a Bacuc.

– Eccomi – rispose. E mi sembrò che la sua voce tremasse più della mia.

Rabbi Sholomoh, al centro del cerchio formato dagli tzaddikim della comunità, mi fece cenno di venire avanti e mi mise in mano il Rotolo della Torah che avrei dovuto leggere davanti a tutti, per portare a compimento la cerimonia della mia maggiorità religiosa.

Non resistetti e mi girai a cercare gli occhi di mio nonno. Lui, dopo avermi presentato, si era messo un po' in disparte, quasi addossato alla parete che separava lo spazio riservato agli uomini da quello riservato alle donne. Ora sorrideva. E mi sembrò fiero di me.

Come lo sarebbe stata sua figlia, mia madre, se fosse stata ancora in vita.

Mi raschiai la gola, avevo paura che la voce mi venisse a mancare.

Ma subito riconobbi il passo che Jehoshua aveva scritto per Sara su un óstrakon, lo stesso che lei mi aveva mostrato a due passi dal ruscello dei sassi bianchi, prima che la nostra avventura iniziasse.

– Il Santo dei Santi – lessi – mi ha mandato a portare un buon annunzio per gli umili della Terra. La liberazione dei prigionieri, la libertà agli schiavi...

«Anche alla mia principessa nera» pensai con orgoglio, mentre la mia voce si levava nitida e sicura nel monastero di Qumran.

– Andiamo, allora... – mi disse mio nonno Bacuc, tirando la fune dell'asinello al quale ero salito in groppa.

I festeggiamenti per il mio Bar Mitzvah, che erano seguiti alla cerimonia, si erano conclusi con un caloroso applauso di tutti gli invitati.

E ora che il sole cominciava la sua discesa in direzione delle basse colline che formavano il cuore del deserto di Giuda, io, mio nonno, Sara e Simon bar Joel, avevamo deciso di seguire Jehoshua per una passeggiata sino all'oasi di Ein Feshkha, che non avevamo mai visto.

Lungo il cammino, mentre il panorama lentamente cambiava, e il grigio delle colline calcaree lasciava il posto alle striature rosso fuoco delle scogliere di selce, fummo tutti presi da una strana malinconia. Perché sapevamo che le nostre strade, molto presto, si sarebbero divise.

Jehoshua, con suo padre e sua madre, sarebbe partito l'indomani mattina per Nazaret. Simon bar Joel e i suoi uomini verso le colline della Galilea. A me, a Sara e a mio nonno Bacuc, non sarebbe rimasto invece che dirigerci verso l'Egitto, per sfuggire alle rappresaglie dei kittim e dei servi prezzolati di Mordecai.

Sino a quel momento non mi ero chiesto come sarebbe stata la mia vita senza Jehoshua.

Ma in qualche modo mi illudevo che un giorno io e Sara saremmo tornati. Da lui e in Israele, per condividere il suo destino e quello della nostra sfortunata terra.

Quando arrivammo in vista dell'oasi, una vasta macchia verde che spiccava nel panorama intorno, cirri sottili e sfrangiati avevano preso a correre nel cielo, trascinati da un vento forte e teso che si era improvvisamente rinfrescato.

Jehoshua mi venne vicino e m'indicò un gigantesco albero di fico.

I suoi rami contorti e spogli si tendevano verso le rive del Mar della Solitudine, che ormai stavano solo a poche centinaia di metri da noi, sul finire di un morbido pendio.

– Fermiamoci lì – disse.

Quando raggiungemmo l'albero, Simon bar Joel mi aiutò a scendere dall'asinello e ci sedemmo tutti intorno al suo tronco. Tutti all'infuori di Jehoshua, che sul bordo del pendio ora scrutava le acque del mare e l'orizzonte più lontano, coi lunghi capelli mossi dal vento.

Fu in quell'istante che, proprio nel punto in cui mi ero seduto, sentii qualcosa di duro e pungente. Mi spostai e allungai la mano convinto di trovare un sasso, ma invece sentii la superficie liscia e fredda di qualcosa di metallico.

– La vita in Egitto sarà dura – disse Jehoshua, voltandosi a guardarmi. – E anche le famiglie degli uomini di Simon bar Joel avranno bisogno di che vivere...

Per un attimo restai ammutolito.

– Coraggio, cosa aspetti? – mi disse ancora lui. – Non era un albero di fico, quello che hai cercato in tutto questo tempo?

Mentre gli altri volgevano lo sguardo da me a Jehoshua, senza capire di cosa stesse parlando, mio nonno Bacuc invece capì tutto. Si mise in ginocchio, scostò appena un po' di polvere e qualche foglia secca, poi afferrò la robusta cassetta di ferro battuto per i manici e con due scossoni la tirò fuori dal suo nascondiglio.

– CHE MI VENGA UN COLPO! – esclamò, aprendola.

Anche Simon bar Joel si avvicinò a guardare le monete d'oro e d'argento del tesoro di Jeudah il Sicario.

Io invece raggiunsi zoppicando Jehoshua, sul bordo del pendio.

Non mi importava più niente, di quel dannatissimo tesoro.

Ma riconobbi nei suoi occhi che ardevano e nei suoi muscoli che fremevano l'unico desiderio che ancora mi divorava.

– Shalom, amico – gli dissi. – Corri anche per me, ti prego...

Allora mi sorrise, si lanciò verso il basso.

E mentre io stavo lì a guardarlo, lui che correva libero e veloce, pensai che quella pazza corsa sarebbe stata il suo ultimo saluto.

– Guarda – mi disse Sara, mettendomi un braccio intorno alle spalle, quando lui diventò un puntino lontano lontano, perso tra la sottile linea bianca della riva e le acque che riflettevano l'azzurro del cielo attraversato dai cumuli di cirri. – Sembra quasi, sembra quasi...

– Che corra sulle acque... – sussurrai.

A cavalcioni delle nuvole.

Avvertenza

Essendo *Il segreto dello scrigno* un'opera di fantasia, si vorranno perdonare alcune inevitabili forzature storiche. Non tanto sul piano dei tempi (essendo ormai assodato che Gesù di Nazaret nacque con ogni probabilità nell'anno 6 o 7 a.C.), quanto nell'identificazione del Maestro di Giustizia con il rabbi Jose ben Joeser di Zereda, cosa che invece non è certa, e nella ricostruzione dell'abbandono di Gerusalemme da parte dell'etnarca Archelao, figlio di Erode il Grande: che avvenne sì nell'anno 6 d.C., ma con modalità che restano a noi in gran parte sconosciute.

Nella scelta dei luoghi e dei nomi dei personaggi che hanno accompagnato il giovane Gesù di Nazaret in questa avventura, di norma si sono privilegiate le forme italiane utilizzate nella letteratura biblica classica, salvo nei casi nei quali si è ritenuto più corretto o agevole utilizzare termini propriamente ebraici, o di più marcata ascendenza greco-romana.

A prescindere però da tutto questo, l'intenzione dell'autore è stata solo quella di immaginare l'avventura di un ragazzino di dodici anni destinato a riscrivere la Storia degli uomini e del mondo: cercando di restituire prima di tutto, attraverso gli occhi dei suoi amici Joachim e Sara, ultimi tra gli ultimi della Terra, il suo grande e tenerissimo Mistero.

Indice

Prima Parte

Seconda Parte

Chi è Alberto Melis?

Alberto (il primo a destra)
a sette anni con la famiglia

Nato nel 1957 a Cagliari, la bellissima città dove ancora oggi risiede.
Sin da bambino ha svolto diversi mestieri faticosissimi, come lo scolaro, il chierichetto, il boy scout e il capo della *Banda del Mandorleto*, che era composta da sei ragazzini scatenati e aveva il suo rifugio in una capanna costruita con vecchie assi di legno.
Diventato grande Alberto ha fatto due solenni giuramenti. Quello di farsi crescere la barba e quello di non lavorare mai più in vita sua.
Essendo un uomo di parola, li ha mantenuti entrambi. Da più di vent'anni non si taglia la barba, e invece di lavorare si diverte a fare il *maestro di scuola*, il *giornalista* e lo *scrittore*.
Di questi tre bellissimi giochi non saprebbe dire quello che gli piace di più. Ama infatti stare con i suoi alunni, ai quali legge a voce alta almeno una decina di romanzi all'anno, e allo stesso modo ama passare il tempo davanti al suo computer, per raccontare ai grandi come vanno le cose nel mondo, e per inventare storie, trame e personaggi fantastici.

Giocando a fare il giornalista ha scritto così più di 400 articoli (su diverse riviste e sulle pagine Cultura e Scuola del quotidiano *L'Unione Sarda*), e giocando a fare lo scrittore ha pubblicato diversi romanzi per ragazzi (tra i quali, con Il Battello a Vapore, la serie *I misteri dello Scarabeo d'oro*), alcune raccolte di fiabe etniche, un saggio sulla storia e le tradizioni del popolo Rom e una drammaturgia teatrale tratta da *Un anno sull'altipiano* di Emilio Lussu.

Alberto Melis

Chi lo conosce bene giura che Alberto ha ancora un sogno nascosto nel cassetto.
Quello di andare a vivere su un'isoletta sperduta in mezzo al mare, per poter finalmente giocare a fare il Guardiano del Faro.

Chi è Michael Welply?

Michael a otto anni

Ho sempre disegnato, fin da quando ero bambino. Chiedevo di continuo ai miei genitori della carta e delle matite, finché un Natale, quando avevo sette o otto anni, mi hanno regalato un gran rotolo di carta bianca e una scatola di matite. Erano ciò che desideravo di più. A scuola riempivo i bordi dei quaderni di personaggi e animali strani (come potete immaginare, i professori non erano molto contenti).

Sono nato a Londra, ma ci è mancato poco che nascessi in Cina (i miei genitori infatti abitavano lì, ma sono tornati in Inghilterra poco prima della mia nascita). Mi piace molto viaggiare, e disegnare le illustrazioni per me è un modo bellissimo di viaggiare.

Oggi abito in Francia, in campagna, con mia moglie. Abbiamo un giardino pieno di uccelli e un cavallo, e due figli già grandi che sono partiti alla scoperta del mondo.

Michael Welply

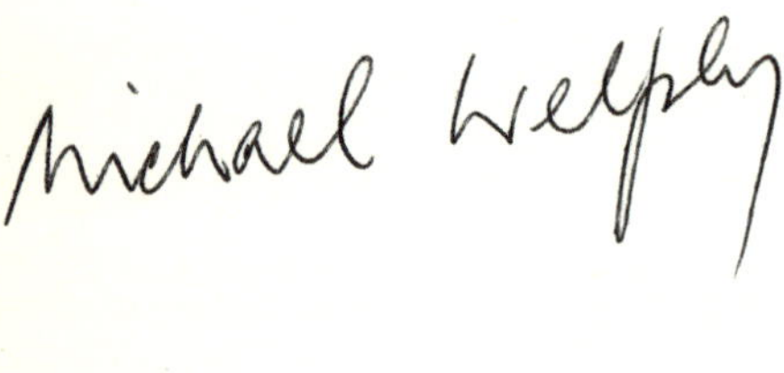

Questo libro non è vendibile
se sprovvisto del presente tagliando

PROVA D'ACQUISTO
IL BATTELLO A VAPORE
SERIE ROSSA
N° 55